内江师范学院精品工程项目（编号2020JP01）

孙自筠文集

孙自筠 —— 著

拾荒与采卉

中国言实出版社

图书在版编目(CIP)数据

拾荒与采卉 / 孙自筠著 . — 北京 : 中国言实出版社，
2022.3
（孙自筠文集）
ISBN 978-7-5171-4067-2

Ⅰ . ①拾⋯ Ⅱ . ①孙⋯ Ⅲ . ①中国文学－当代文学－
作品综合集 Ⅳ . ① I217.2

中国版本图书馆 CIP 数据核字（2022）第 033138 号

拾荒与采卉（孙自筠文集）

责任编辑：宫媛媛
责任校对：张国旗

出版发行：中国言实出版社
地　　址：北京市朝阳区北苑路180号加利大厦5号楼105室
邮　　编：100101
编辑部：北京市海淀区花园路6号院B座6层
邮　　编：100088
电　　话：010-64924853（总编室）　010-64924716（发行部）
网　　址：www.zgyscbs.cn　电子邮箱：zgyscbs@263.net

经　　销：新华书店
印　　刷：三河市华东印刷有限公司
版　　次：2022年7月第1版　2022年7月第1次印刷
规　　格：710毫米×1000毫米　1/16　12印张
字　　数：230千字

定　　价：58.00元
书　　号：ISBN 978-7-5171-4067-2

作者青年时期

诗 歌

谜 / 002

默 契 / 003

读 "三国" / 004

假若我是风 / 006

我为月亮唱支歌 / 008

杜 鹃 / 009

高 傲 / 010

拉过你的手 / 011

一缕回忆 / 012

蝴蝶结 / 015

递过你的手 / 019

永远美丽的故事 / 021

无 题 / 023

小 说

撕碎的浪漫 / 026

飘动的白纱巾 / 028

616 室轶事 / 038

村童趣事 / 044

街 景 / 047

半夜鸡叫 / 050

相逢为何不相识 / 053

腐朽与神奇 / 055

等 / 058

昙花盛开十六朵 / 060

给妈妈一个惊喜 / 064

外公的"黑色幽默" / 068

舅舅"郑屠" / 072

我想当主角 / 076

放 生 / 079

等你的心情 / 084

葬 礼 / 088

没有结尾的尾声 / 104

开炮，只是为了送行 / 119

诗

歌

谜

谢谢你，

谢谢你那天给我的那些"谜"，

我不用思索，我只凭感觉，

那谜底就在你眼睛里，

那清澈见底的眸子里，

你什么也藏不住。

默 契

默契,
世界上最珍贵的感觉。
它是一种心灵的沟通,
　是一种悟感的触摸,
　是一种相知相爱在无言中的混合。
相互守望着,一言不发,
让爱,
在心田中发芽。

●读"三国"

风，吹去多少迷雾，

雪，封住多少尘垢，

雨，冲刷了多少忧愁，

隆隆雷声

　惊走了多少沉默与娇羞。

千年的故事，

本来自历史的深沟。

层层叠叠的皱褶中，

有多少悲欢恩仇，

谁也说不透。

一曲悲歌后有一串笑声，

一串笑声后是一杯苦酒，

悲也罢，喜也罢，苦也罢，乐也罢，
古往今来的人，一起品尝个够。

假若我是风

假若我是风

定是那场初春融化严冬的风

暖暖地　软软地　轻轻地

吹向大地

让冰冷的原野苏醒

假若我是风

定是那场夏日骤起的台风

不顾一切地横扫山川大地

把千年老树连根拔起

让江河湖海波涛汹涌

吹去覆盖大地的安宁

让世界在轰鸣中再有一轮鲜红

假若我是风

绝不会是冬天凛冽的风

它会带着暖意　带着热力

让小草不再颤抖

让林木变得葱茏

即便是严冬

也会带给你一个春天的梦

●我为月亮唱支歌

我是托起皎月的高山，
我是映出圆月的大海，
我是一首歌唱月亮的歌。
从媚月初生，
唱到落坡。
以一个春天为起点，
一直唱到宇宙沉没。

●杜 鹃

啊，

杜鹃，

你为何叫个不息？

从黎明又到黄昏，

一声未歇，一声又起，

那么揪心，那么凄厉，

是为失恋者悲泣，

还是为孤独者寻觅？

或者是为了

唤醒人间的沉迷？

●高　傲

高傲？不！

那是一种美的气质，

是一种永恒的魅力。

如果没有它，人生就会失去重量，

犹如一张白纸。

正因为有那份傲然之气，

才在我心中矗立起一块永不褪色的碑。

能与她并立，

使我黯然的身影熠熠生辉，

使所有弯腰的树长得挺立。

●拉过你的手

拉过你的手

连同

你娇羞的目光

和一把炽心的温柔；

拉过我的手

连同那颗跳动的心

和那澎湃的热情如火如荼。

我们一起拉紧手，

连同万般心思，千种闲愁

此生

一同消受。

●一缕回忆

一

那是一个有太阳的下午

你坐在花圃边

我每过一次

都能与你的目光相连

于是那个下午

我发疯似的在那条路上走

去寻找我生命的亮点

二

最难忘的是我们相约的那次散步

本是晴朗的天空

霎时却阴云密布

风把你吹得更靠近我

任雨丝把我们紧紧缠住

我们走完长长一条街

身后留下心跳的脚步

而今回头去拾取

收获遗恨无数

三

我在那片旷野里

我在那片密林里

大声呼唤着你的名字

把心底的秘密坦露给自然

坦露给庙里巍巍雕像

不，都不，是坦露给你

听见了吗？我的星

四

我们的故事从那把伞开始

那把伞上印满了横横竖竖的数字

我说那些数字是爱的密码

只有我们俩才能破译

你说伞就是伞

可以遮住窥秘的目光

让我们在它的保护下喁喁私语

五

没有你的日子

我像悬在半空中

没有你的日子

我像被幽闭在地窖里

没有你的日子

我苦苦回忆，不停地寻觅

寻找你的痕迹

哪儿你坐过、站过、走过……

哪怕是一丝一缕

都承受着我千钧

思念的重荷

因为，因为我们曾经沉迷……

●蝴蝶结

还记得河边的那次嬉闹吗？

你的鞋带被我踩散，

脚一伸，"赔来！"

我忙弯下腰，

为你系鞋带。

在你美丽袖珍的脚上，

接连打了三个"十"字，

紧紧接上一个蝴蝶结。

从此，那一刻，

伴随着一只蝴蝶，

已进了我的梦。

还记得那次运动会上的长跑吗？

在你的加油声中，

我遥遥领先，稳操胜券。

可是就在最后一圈，

我的鞋带松了，

跑鞋即将脱落……

"快停下！伸脚！"

你下着命令跑过来，

两手拉过我的鞋带一绕一拉：

"紧了，快接着跑！"

仅仅一瞬间。

那次的冠军奖牌，

当然该有你半边。

从此我的梦里又多了一只蝴蝶，

只是这只蝴蝶是你

一绕一拉又快又好系成的，

对我，

却是个解不开的方程。

"教我吧，我叫你一声'先生'"。

你十指纤纤，手把手教，

我手大指粗，学得认真。

当你骂出第十次"真笨"之后，

我终于学会了那一绕一拉，

一只很美的蝴蝶结被我系成。

从此，

我起床的动作变得敏捷，

行动也更加麻利爽快，

每次约会，

我都不会迟到半分。

照说，下面的故事该顺理成章，

心想事成

可是不知什么原因，

我们都渐行渐远，各奔前程。

"忘掉我吧，我们本不相生。"

我极不情愿，

但仍点头默认。

只是我一再重申：

什么都可忘记，

忘不了你教我那个打"结"的方程。

不管你愿意还是不愿意，

至今，乃至我一生，

我都那样一绕一拉，

紧紧拴住自己的鞋带，

因为那方法又快又牢，

永远也不会脱落。

只是，

身边再也听不见你那句：

"真笨！"

递过你的手

递过你的手来，

放心，

我的手并不粗壮，

但有的是热力和真诚。

递过你的手来，

拉稳，

两双手紧握在一起，

再高的山峰也能攀登。

我们的手终于握在一起，

不管指缝间流失了多少岁月，

不管流失的岁月里有多少遗恨，

不管遗恨里有多少泪痕。

紧握我们的手吧，

把过去的遗恨挤个干净，

只留下今日的难忘，

和明天崭新的一轮。

递过你的手吧，

紧紧握住——

这一生一世的，

沉稳和柔情。

●永远美丽的故事

那个美丽的故事

发生在那个美丽的黄昏

天边有几个星星

把我们的私语偷听

偷听，那就让它们偷听吧

已经是老得没牙的故事了

它们已经听厌

不信

看它们已疲倦地合上眼睛

虽说那是一个黄昏

但对树下的我们

却是生命的清晨

好像从那时起

阳光又是新的一轮

无 题

从你那一瞬间的目光，

我读出不详；

从你那呼出的气息，

我听出了你的悲伤。

是寒流，

是热浪，

还是不冷不热的风

刮来的迷茫？

我只说，

我不是蒲公英，

任那飘飘的种子，

随风

飞向四处去发芽生长。

小说

●撕碎的浪漫

对门小两口打起来了。

雪雪赶快凑向门上的"猫眼"。

但见年轻的爸爸一把拉过正在哭的儿子，抚摸他受伤的腿，嘴里不停地骂："你，你是怎么带孩子的？竟把他摔成这样……"

年轻的妈妈不作声，正弯腰在地上摸找她的眼镜。刚才那一巴掌颇有些分量，眼镜被打飞得不知去向。

儿子在爸爸的手上挣扎着、哭着，叫着要妈妈。

儿子没想到他的哭闹会触犯在气头上的爸爸，气头上的爸爸没想到儿子竟不理他的关怀，"啪！"顺手又给儿子一巴掌。

"哇——"儿子的哭声很尖利、很嘹亮、很像唱卡拉 OK 的他爸，震耳欲聋。

雪雪赶快捂上耳朵，从"猫眼"处撤退，回到自己房里。

　　站在窗前，她清清楚楚回忆起五年前楼下的热闹喜庆场面：新郎搀着新娘，缓缓从贴有大红"囍"字的小汽车里走出来。那新娘带着一副金丝边眼镜，美丽文静，娇小可爱，满脸漾着幸福……看着看着，雪雪说不出心头升起一种什么滋味，只感到脸上发烧，心跳加剧，不知从哪里生出的一股热气，入侵心脏，然后迅速扩散到全身。

　　"哇——"那孩子今天特别来劲，不哭个天翻地覆，誓不罢休。

　　雪雪被哭回现实，把目光从窗外收回来，发现书桌上那张粉红色的稿笺，上面，是他刚刚写的一首诗，标题赫然映入眼帘"爱你一万年"。

　　雪雪看着他写给自己的诗，嘴角出现一丝猜不透的笑容，一把将那诗笺抓过来，横一把竖一把，将它撕得粉碎，然后顺手撒向窗外。

　　小纸片欢快地飞舞着，飘向空中，像是那天撒向新郎新娘的五彩纸花……

飘动的白纱巾

一

做梦，我梦见与她一起，像电影《泰坦尼克号》里杰克和罗丝那样紧紧相依相偎在船头，任迎面来的风吹打着。啊，多么浪漫，多么富有诗意……

而今，居然好梦成真。

在夕阳绘制的五彩风景里，她真的靠在了我的胸前，惊奇地看着眼前平静的江水被刀似的船头切割成两道白色的浪花，哗哗从两边退去。

船驶进滩区，一个浪头打来，重重地拍打船头，飞溅的浪花被风一吹，雨点似的洒了我们一身一脸。

"哇——"她惊叫着，拉住我的腰带，生怕被那股浪卷走。

"别怕，有我。"我紧紧搂住他，然后补充上一句："我是大树！"

我感觉到她把我的腰带抓得更紧了，脸在我的胸前拱着，像要拱进我的胸膛。

船过了滩，走得平稳了，像是在冰面上滑行。一弯新月挂在天边，如画在蓝天白云间。

太阳又下沉了许多，要不是山巅上那些大树支撑，怕早就掉下去了。

看她微笑着，若有所思地望着向后流去的江水。我问道：

"虹，你现在在想什么？"

她抬起头来，一片迷蒙地望着我，轻声说：

"我想起《泰坦尼克号》中那些经典的镜头……"

我心里一阵热和，我们真的是心心相印，完全想到一起了。

"可惜，我是个左嗓子，总唱不好那支歌"。我不无遗憾地说。

"你唱，我从右边听就是……"说罢，她哈哈一笑。

我轻轻在她身上拧了一把。我知道她唱歌也不怎么在行，因此也就大胆清了清嗓子，准备唱……

"Every night in my dreams I see you I feel you..."

悠扬、浑厚、深情、优美的歌声随风传来又飘散开去。

我惊呆了，因为这不是我唱的。

是谁？我寻声找去，原来唱歌人就在我身旁不远处。

他穿一身花格西装，头戴一顶灰礼帽，微微仰着头望着左岸移动的远山。

歌声，从他那顶宽檐帽的后面传来，因为他背着我们，看不见他的脸。

他唱得太好了，绝对的专业水平。在这么美妙的歌声面前，我只有屏声静气洗耳恭听的份儿。

虹还以为是我在唱哩，看她闭着眼睛，听得好专心……但是，她终于听出不是我在唱了，她睁开眼睛，把头伸过我的肩，专注地盯着那顶灰礼帽。

我感到有些不自在，好像她会从我怀里飞走似的，我使劲地搂住她。

"... My heart will go on and on! ..."

那动人心扉的男中音终于唱完最后一个音符。虹忍不住叫声"好"，还使劲拍起手来，我也不由自主地附和着，拍着手。

这时，灰礼帽把脸转向我们，啊，原来是位老者。

他彬彬有礼地说声"谢谢"，还随手取下帽子，向我们点了点头。

哈，好一头雪白漂亮的头发，在夕阳余晖的照射下泛着金光。

望着他满脸沧桑的友好笑容，我紧紧握住他伸过来的手。

当他极有礼貌地与我们握过手后，说：

"如果我没猜错的话，二位一定是借假期外出旅游的大学生。"

我与虹点头回道："正是。"

我从他的衣着、风度，和他那带有浓重南方口音的普通话，猜测说：

"老先生想必是从海外回来观光的华侨……"

"正是正是。年轻人，真有眼光。"

我们就这样亲切交谈下去。

原来，他与我们竟然是校友，只是他早在五十年前就毕业了。

二

他向我们谈到他自己。

起初，我还为他的健谈感到忧虑，这样没完没了地谈下去岂不占了我与她的宝贵时间？

但是，当他谈开以后，我们越听越有劲，反倒怕他戛然而止，把动人和精彩拦腰截断。至于学中文的虹，对老人的讲述兴致更浓，像发现奇迹似的把一双眼睛专注地盯着他。

"你们看"，老人指着迷蒙蒙的一片山水说，"再过两年，三峡大坝修起来以后，这些都会被淹没，曾经发生在岸边的那些故事，也都将随之淹没在水下，成为无法打捞的过去……

"那时，我正是你们现在的年纪，大学毕业后托关系在轮船上找了份差事。虽然这份差事是为船上修电灯，与我所学的电气化工程专业相去甚远，但总算挨了个"电"字；何况，那年月找工作不易，有个端饭碗的地方也就很不错了。

"对我这份差事很满意的是我的女友，她比我同学，矮两个年级。假期，她就到船上来陪我玩，我们一起顺江而下，游鬼城、屈子祠，爬石宝寨、天子城……傍晚，我们相偎相依在船头船尾，说些年轻人爱说的话。我们也唱歌，不过不是刚才唱的那支……"

一听说唱歌，虹就忍不住问："你们那时爱唱什么样的歌，唱一曲我们听听好吗？"

老人很干脆，说道："那时我们最爱唱的是那首《魂断蓝桥》，不过歌词与现在的不大一样。你们喜欢听，我就献丑了。"

说着，那带有几分苍凉和沙哑的男中音便在江面上响起：

恨今朝相逢已太迟，

今朝又别离。

白石为凭，

明月为证，

我心永不移……

也许老人的讲述与我们现在的心境太相似，也许老人积蓄了半个世纪的情感在此时此景下得以酣畅淋漓地宣泄，也许……

总之，我从来没有听到过如此动人的歌声，似乎有股暖流从心头淌过，那么湿润又那么贴切，那么动情又那么迷茫，一股说不清道不明的情绪在胸中涌动。

至于虹，我觉察到她比我更受感动，她那如弯月似的眉毛下的眼睛里，明明闪着两滴晶莹的泪珠。

"爷爷，爷爷"，随着稚嫩的叫声，跑过来一个小男孩，他挽着老人的手说："我爷爷等你吃饭哩。"

"好，年轻人，明天见。"老人向我们挥挥手，回船舱去了。

夜风有些凉，但虹紧握着我的那双手却热得发烫。

三

夜里，船舱像个大摇篮，把我们舒舒服服摇进梦乡。

第二天清晨船停丰都，在山上的鬼城里，又与老者相遇，我们亲切地喊他为"老伯"，他还为我们照了两张相。

下午，船靠忠县石宝寨，老人与我们一样兴致勃勃，在寨顶上，与我们一起俯瞰大江上的绮丽风光。

"老伯，您的故事还没讲完呢。"虹找个机会说。

"好，傍晚老地方见。"老人慷慨允诺着。

傍晚时分，当我们如约来到船头时，老人早已在那里等候了，见我们来了，他让出船头顶尖部位给我们。

我们一再拒绝，他却说："这里是年轻人的位子，别推辞。"我们只好从命，仍站在昨晚的地方，手扶着船舱栏杆，静候老人说他的故事。

这时，老人从口袋里摸出两张照片，递给我说："这是我替你们照的。你们看，背景是那棵老黄桷树，也是当年我与她留影的地方。"

"谢谢。"我们接过照片，立即被画面的风景、构思和色彩所吸引：在那棵盘根错节、浓荫蔽日的巨树下，我与虹手扶树干相视而立，似在窃窃私语，又像是在探讨大树的什么秘密。亲密、自然、专注、随意……就是专业摄影师，也不过如此。

"你们留下慢慢看吧，我接着昨天的故事往下讲……"

四

"那是 1949 年初冬。因为局势变化，我们决定提前结婚。在重庆简单举行婚礼后，乘船东下，开始了蜜月之旅——我们之所以选择沿长江而下的路线，除了因为我们的爱情与它分不开以外，更主要是长江两岸的风景太美了。我大半辈子在世界各地漂泊，去过密西西比河、尼罗河、多瑙河、亚马孙河，可较之长江，它们逊色多了，不信你们看……"

老人指着被夕阳镶了边的两岸山峦。

果然，一层层，一叠叠，虽是一片绿色，但深深浅浅，浓浓淡淡，看在眼里好舒服好惬意；再看那水，湍急处如千百条大鱼过滩，翻起一片雪白的浪花，平静时如一疋铺就的蓝色绸缎，船过掀起的波浪在晚霞照映下，彩虹般飞出阵阵耀眼的光亮。

"好美！"我与虹同声赞叹着。

"美的还在后面呢。"老人说，"三峡的险峻奇特，武汉以下江面的宽阔浩渺，让你们看不够……你看，我扯到哪儿去了……"

老人自觉好笑，忙拉回话头说：

"可是，我们的蜜月刚刚开始就遇上意外。第二天，船靠万县，我们沿着长长的石梯进城，爬太白岩，游天子城，去当年李白饮酒吟诗的流杯池畔寻古，到著名的西山公园九曲林荫道上漫步。尽情游玩之后回到我们的新房——船上一间窄小的舱里。

"半夜后，一阵喧闹把我们惊醒，原来是一群国民党官兵上了船，他们声称奉命征调船只，船上旅客及一切非船上工作人员一律下船，其中包括我的新婚妻子。虽经交涉，甚至我们船长也出面解释说情，他们也不准留下，我提出我与妻子一道下船，他们也不允许。面对已经崩溃的国民党军队，任何反抗都会带来不可想象的后果。万般无奈之下，我们只得忍痛告别，商定叫她在万县找家旅馆住下，等我随船完成公差后来接她。唉，谁又想到，我这趟公差竟出了半个世纪……

"记得那天她穿的是件蓝旗袍，围条白纱巾，被强行赶下船后一直站在岸边的那溜石梯上，不停地挥着那条白纱巾，直到船起锚离岸渐渐远去；我则声嘶力竭地呼喊着，叫她多保重，耐心等着我……"

接下来是良久的沉默。

黑幕中，只见天空群星闪烁，不时，有一颗流星在天上画条转瞬即逝的弧线。江水，轻轻拍打着船头，像情人的吻。

船顺河道转了个弯，前面一派辉煌的灯火映入眼帘。

"看，前面的城市就是万县。我与新婚的妻子就是在那里分别的……三年前，我就去找过她一次了，现在再去找，我相信她一定会站在那溜石梯上等我……"

我不知道这时该用什么话去安慰老人，就连平时能说会道的虹也缄口不语，不知说什么好。

最后，我们只得顺着老人的意愿说："是的，她一定会等你的。"

船到万县港，靠岸了，老人急着下船去寻找他失散多年的新婚妻子，我们送他到岸边。

因为船停时间不长，不敢在岸边久留，告别后我们便回到船上，站在船边，目送着老人的背影在灯光和人群中消失。

这时，抬眼望去，果然有一溜长长的石梯从江边直通城里。

　　在那溜石梯上，站满了人，人群中，有不少白色的纱巾在挥动。虹指着那些挥动的白纱巾说：

　　"你看，说不定其中有一条纱巾就是老伯要找的呢！"

●616 室轶事

　　星期六，按 616 室通例要睡到 10 点 30 分才起床，可是今天天刚刚亮她们就叽叽喳喳吵闹起来，6 个人 24 只手脚，不停地在床上床下屋里屋外噼里啪啦乱翻腾。

　　都是为了那只鸟。

　　睡在靠窗的采采蒙眬中听到窗台上有响动，她先想喊有贼，但没鼓起那份勇气，转而把被子扯来蒙住头，大气也不敢出。听听没有响动了，才慢慢掀个缝往外看。

　　外面天已亮，清清楚楚看见窗台上站着只鸟。这时，她的胆子才大起来，把被子一掀喊道：

　　"鸟，鸟……"

　　五个姑娘被她惊醒四个，都伸出头往窗子上看。果然是只鸟，但都怕啄，不敢上前，只七嘴八舌地惊呼：

"鸟，鸟，鸟……"

吵闹声把最后一个姑娘男男惊醒，她才读过《水浒》，便把里面的话用上：

"鸟，鸟，吵个什么鸟！"

但睁眼一看，果然有只鸟在窗台上，小脑袋扭过来扭过去，一双贼亮的眼睛不住地朝屋里瞅。

男男，恰如她的名字，个子大胆子大力气大，又爱打抱不平，有谁要欺负616室的姑娘，她在那儿叉腰一站，连真正的男子汉也退避三舍，被公誉为616室的"守护神"。

男男跳下床来，两步走向窗台，双手轻轻一捧，便把鸟儿抱住。那鸟先吱吱叫了两声，后来就老老实实趴在男男手上不动了。

这时众姑娘大胆围上来，细细观察。

是只小鹦鹉，一只翅膀受了伤，羽毛上还沾着血的小鹦鹉。

"采采拿紫药水，文文拿棉签，跳跳找点云南白药，没有白药找点消炎片也行，蹦蹦快倒点开水凉着……"男男又是室长，理直气壮地安排着。只有小小，因为她年纪小个子小，瘦弱苗条弱不禁风，林黛玉似的，男男每次都照顾她，不给她分派任务。

一应准备停当，准备动手术。当然由男男主刀，她为小鹦鹉洗了伤口，擦了药水，又把消炎片调了水，掰开小鹦鹉的嘴灌下。

这时，小小拿来她的袖珍百宝箱，里面垫了她才从自己太空服里扯出的真丝绒，为小鹦鹉布置了个十分精致温暖的小窝。男男一边将小鹦鹉轻轻放进窝里，一边表扬小小："还是我们小小心眼细境界高大公无私舍己为'鸟'……"

小鹦鹉很乖，在窝里一动不动，只把头偏来偏去往外看，偶尔也有气无力地叫两声，像在呻吟，怪可怜的。

安顿好以后，男男以室长身份郑重宣布说："既然小鹦鹉已成了我们616室的新成员，我们就要对它倍加爱护。采采、文文、蹦蹦、跳跳负责它的一日三餐，保证供应；小小今天去图书馆查阅资料，写出一份小鹦鹉保护注意事项，再给它制定一个科学的膳食谱，要保证小鹦鹉各种营养各种维生素的需要。至于我嘛，我是小鹦鹉的当然监护人，对它全面负责，为它制定作息时间表，让它养成良好的生活习惯；还要给它制订个训练计划，让它会唱歌，会说话，会做游戏……"

众姑娘在室长安排下立即行动，采采买来馒头面包，文文拿来奶酪、果子酱，蹦蹦跳跳提来苹果、草莓、桃子、香蕉……面对堆积如山的食物，小鹦鹉眼花缭乱，不知从何处下嘴。

小小的任务完成得十分出色，不到一天时间，她做了108张卡片，写成《小鹦鹉的保护及食谱多样化之探讨》的论文，洋洋洒洒五千余字，并奉室长之命，向全室宣读：

"查鹦鹉，俗称'鹦哥'，鸟纲，鹦鹉科，种类甚多，概为攀禽，头圆，上嘴弯曲，羽毛色彩美丽，主食果实，寿命颇长。经训练，可模仿人言，多栖于……"

小小的论文宣读了 1 小时又 35 分，接着又在男男室长的主持下讨论了 1 小时又 45 分。

全室姑娘踊跃发言，热烈讨论，对鹦鹉的习性、食性、生理特征等搞得一清二楚。

于是她们在科学理论的指导下，精心呵护，耐心抚育，不到半个月小鹦鹉很快康复，开始满屋乱飞，叽喳乱叫，乐得姑娘们开怀大笑。

又经过半个月的调教，小鹦鹉学会了"欢迎""拜拜""万岁""该死""懒虫"等不少话语。姑娘们上课去了，它说："拜拜"；下课回来，它说："欢迎"；谁睡懒觉就飞到谁耳边叫"懒虫"；谁欺负它就骂谁"该死"……甚至还学会了"杂痞""垮班生""该背时"等骂人的话。不过它也常常犯用词不当的错误，比如蹦蹦与她的男友闹崩了，回寝室生闷气。它却在她耳边不停地说："该背时"，惹得蹦蹦满屋撵着打它，它不停地高喊"救命"往男男身后躲。它知道全室姑娘都怕男男，惹了祸往她身后一躲准没事。

小鹦鹉还无师自通地学会与姑娘们亲热的本事，比如它看上谁了就给谁"梳头"，两个爪子加上嘴不停地在你头上一阵乱啄乱抓，也不管你痒不痒痛不痛。不过这种亲热除了男男以外，其余姑娘多不敢领情。因为男男留的是男式小分头，任它抓搔无所谓，其他姑娘个个长发披肩，小鹦鹉嘴脚并用，一"梳"便成了抱鸡婆的窝了。

小鹦鹉最常用的亲热方式是给你喂食，它衔来瓜子、面包屑往你嘴里喂，你要闭嘴不吃，它便转而往你耳朵眼里塞。你要是把耳朵捂上，它认为你不给面子，便一个劲地骂你"该死""懒虫""杂痞""垮班生"，然后飞开时还不忘说一声"拜拜"，表示与你"绝交"。

不过小鹦鹉很大量，不一会儿又会飞回来换一种方式与你亲热，比如你看书时它帮你翻书，你写字时它帮你拿笔。你要是骂它"讨厌"，它也回你一句"讨厌"。你手一扬要打，它早就飞了。

我们与小鹦鹉已亲如一家难舍难分了，只差没有给它申报户口了。小鹦鹉与我们每个姑娘都友好相处亲密无间，甚至有次忘了关窗，它飞到窗台上只往外看看也没想着飞走。小鹦鹉已乐不思归了。

可是有天夜里，大风大雨雷鸣电闪，只听"哗啦"一声，玻璃窗被雷声震碎。因为雷雨交加，姑娘们都吓得蒙头缩在被窝里不敢起来，到第二天天亮再去看小鹦鹉，早已不知去向。

616室笼罩在悲哀之中，全室成员在男男室长带领下绝食一餐，痛哭一场。

只有小小不哭，她说，动物最记情，小鹦鹉是回家探亲去了，过两天自然会回来。小小自从写了那篇论文后，成了鸟类研究"权威"。

616室的姑娘们全信她的，天天伏在窗前盼望，在放假离校前聚集在窗口，对着窗外那片树林齐声大叫一声：

"拜拜——"

"拜拜——"隐隐约约，远处传来一声应答。

●村童趣事

小时，我属那种调皮捣蛋的顽童之列。上树掏鸟窝，下河摸鱼虾，去农民地里偷葱摸蒜，什么有刺激干什么，是村里有名的"赵包"。

二鬼子比我大半岁，因"诡计多端"而得名。我们俩亲密无间，常在一起"密谋策划""狼狈为奸"干坏事。

吴大爷家有几棵柿子树，小碗大小的柿子挂满枝头，看得人心里发痒。偷个来尝尝，又苦又涩，难以下咽。

一肚皮好吃学问的二鬼子对我如此这般讲解一番后，我大喜，便爬上树去拣大个的摘了往下丢，二鬼子在树下拾，不一会儿便是小半筐。

我们便就近搬到池塘边，脱了衣服，跳下水里，把柿子一个个埋进塘底的烂泥里。

"赵包、二鬼子，你们又在偷我的莲藕。"吴大爷远远地在池塘边叫骂着。

"没有"，二鬼子大声回答说，"我们是在洗澡"。

"没有就好。要是再偷我的莲藕，逮住了揭你们一层皮！"

我大声补充说："吴大爷你放心，我们已'改恶从善'了。"

"好，好，改恶从善就是好样的……"吴大爷那口气，还在表扬我们呢。

一个假期，我与二鬼子天天都在那个池塘里"洗澡"。

因为那埋在泥里沤过的柿子又脆又甜，实在太好吃了。

吴大爷见我们没有去糟蹋他的莲藕，也没在意。

直到下半年挖莲藕，吴大爷从塘泥里挖出不少柿子，这才想起是怎么回事。

那天，吴大爷不声不响走过来，趁我们不备，伸出手来，一手一个，紧紧揪住我们的耳朵。

吴大爷练过武功，手劲儿可大呢。

那手，像钳子一样把我耳朵死死钳住，痛得我直叫。

好汉不吃眼前亏，我与二鬼子争先恐后坦白认错，争取宽大，又爷爷奶奶公公祖祖的不停求饶。吴大爷这才放手。

从此以后，吴大爷的柿子长得再大，只要摸摸耳朵，便不敢轻举妄动。

又过了两年，我考上县重点高中，二鬼子考上了中专。

当我们准备去上学时，吴大爷提了一兜柿子送来，笑嘻嘻地说：

"今年，我家柿子又丰收了。我学你们的办法，摘了许多沤在池塘里，果真又甜又脆，送到市场上还卖了个好价钱。细想，你们还是有功之臣。今天，趁你们又考上学校，我特此给你们送点来，算是慰劳慰劳……"

我们接过吴大爷递过的柿子，怪不好意思地一再表示感谢，又一再表示忏悔，请他老人家原谅包涵……

吴大爷哈哈一笑说：

"这次我相信你们是真的'改恶从善'了。"

●街　景

角色：小狗　小姐　奶奶

置景：街上

"汪汪汪——"随着狗叫声，一只乖巧的卷毛小狗颈子伸得长长的，拽着闪亮的铁链上场。

"哎呀，乖乖，你慢点走嘛。你跑这么快，我哪里撵得上嘛……"小姐边用力拉着链子，边说着出场。

小姐打扮得时髦，眉毛勾得浓浓的，嘴唇画得红红的，头发染得怪怪的，穿的露肚脐眼的超短衫，齐大腿的超短裙。因脚下皮鞋的跟太高，走路一拐一拐恰似踩高跷。

小狗急着朝前跑，把链子绷得很紧。小姐吃力地拉着，跑着，另一只手不停地挥动手绢扇风。

"哎呀，乖乖，你们慢点嘛，跑这么快，我哪里撵得上嘛？"

奶奶从幕后喊着，气喘吁吁地上场，手里还提了个装满菜蔬水果的包包。

奶奶有把年纪了。衣服很老很旧，鞋子很老很旧，那张灰蒙蒙的脸更老更旧。她吃力地撵着。

于是，小狗在前，小姐紧跟，奶奶断后，在舞台上转着圈。

小狗伸长颈子，使劲拉链子，又不时回过头来"汪汪汪"乱叫，催小姐快走。

小姐一扭一扭走着，擦着汗，也不时回头喊："奶奶，走快点嘛……"

奶奶提着包，喘着气，不停地咳嗽，艰难地追着。

走着走着，小狗突然趴下了。

"乖乖，你啷个不走了呢？"小姐走近小狗，见小狗撅着屁股。"哎呀，它在屙屎，好臭……"回过头来喊，"奶奶，狗儿屙屎了，好臭哇。"喊罢忙用手绢捂上鼻子。

"快，快拿纸擦了，屙在地上要罚款。"奶奶撵上来，从包里取出卫生纸给小姐。

小姐不接，反倒把牵狗的链子递给奶奶："我不牵了，狗屎好臭。我提包包……"

奶奶无奈接过链子，拿纸给狗擦了屁股，又把地上的狗屎擦干净，再把纸丢进路边的垃圾桶内。

这时，轻松的狗儿欢快地向前跑，硬着脖子把奶奶朝前拽。

小姐吃力地提着沉重的包在后追着，但因鞋子太高走路不方便，才走几步就一跤摔了下去。

"哎哟，我的脚……"小姐叫着。

"乖乖儿，摔到哪里了？"奶奶急忙过来，心疼地为孙女揉着，嘴里不停地念叨："包包散，包包散……"

"汪汪汪"，小狗叫着，绷紧了链子要回家。

奶奶扶起孙女，提起包包，牵着小狗。

伴随小狗的叫声，小姐的呻吟，还有奶奶的咳嗽声，渐渐退场。

半夜鸡叫

"奶奶"——

豆豆醒来后觉着胳膊上发痒，一摸，原来是个不大不小的疙瘩。她便大声叫了起来。

奶奶年纪大了，瞌睡少，豆豆叫第一声她就听见了，赶快起床，推开豆豆的卧室，摸着豆豆的胳膊，口里不停地乖孙女乖孙女念叨，还轻轻给她抚摸抓搔。

这时，豆豆的爸爸闻声过来，手里还拿着"敌杀死"，做出一副准备战斗的架势。他说："怎么，还有蚊子？你回来头天我才打的药，床底下、门背后、犄角旮旯，全都打到了。倒是，今年的蚊子不怕药……"

豆豆妈妈手拿灭蚊器赶进屋，一边忙着找插头，一边说：

"该死的蚊子，非熏死它不可。来，让我看看，乖女儿，看咬得凶不凶？"

"好大一个疙瘩呢！"奶奶心疼地说着，把豆豆的伤痕指给她看。

妈妈看了看，摸了摸，说：

"我看这不像蚊子咬的，难道，难道床上有跳蚤？我是前天才把她床上的被盖被单枕巾褥子全换了的呀……"

"你看你——"爸爸说，"这么多年都没有跳蚤了，哪来的跳蚤？"

"那又是什么小虫呢？"

"一定是鸡虱子，才能咬出这样的红疙瘩。"奶奶说。

"哪里是鸡虱子？"爸爸摇头说。

"怎么没有？"妈妈想起来了，"上个月，乡下还送来一只大公鸡……"

"啊……"爸爸也想起来了。

"就怪你，"妈妈指着爸爸说，"我叫当天杀了，你偏要留两天才杀，说是让它半夜叫着好听，你看，把女儿咬成这样……"

"你也不能全怪我呀，你不也同意了吗？还说好多年都没听到半夜鸡叫了。"

"我不顺着你说，行吗？我又不会杀鸡，家里哪次杀鸡不是你动手？……"

爸爸还是不服气，想想说：

"这次算我不对，那前一个月乡下送来个花鸡婆，我说要杀，你说留着下蛋，这又怪谁？"

"可是，可是都那么久了呀！"

"有好久？说不定咬豆豆的鸡虱子，就是那只母鸡带来的……"

"你这人说话怎么这样不讲理？"

"你才不讲理呢！"

夫妻二人正在互不相让地斗嘴，奶奶直向他们摆手说：

"你们两个别闹了，别闹了。看，孩子都睡着了，不要吵着她！"

果然，豆豆已经睡去，还传来她细细的鼾声，看来睡得好香。

爸爸妈妈见了，各自把舌头一伸，立即休战言和。在奶奶的指挥下，三个人轻脚轻手静静悄悄撤出豆豆的卧室。

"咕——咕——咕——"

这时，不知从哪家传来今夜第一声鸡叫。

相逢为何不相识

我读过一本内容十分奇特的书，书上说有一男一女在火车上闲谈，因为谈得投机，便互相打听起来。

男：请问你家住哪儿？

女：A 城。

男：啊，我也是 A 城。请问 A 城哪条街？

女：B 街。

男：巧，我也在 B 街，请问 B 街哪条胡同？

女：C 胡同。

男：真巧，我也是 C 胡同。请问住哪院哪幢？

女：2 号院 3 幢。

男人听了吃惊说：太巧了，我也住在 2 号院 3 幢。那再请问你住几单元几楼几号？

　　女的一口气回答说：3 单元 4 楼 16 号。

　　男人惊奇地张大了嘴，说：我也住在 3 单元 4 楼 16 号……

　　接着谈下去，才发现，他们不仅住在同一幢楼同一个单元同一号房，而且同住一间卧室同睡一张床——原来他们是夫妻。

　　我看了觉得太奇怪，太不可思议，哪有夫妻俩不认识的？起先我以为是作家在糊弄人，不过后来我想大概是自己没看懂。

　　怀着这个没看懂的问题我踏进了懂事的年龄，但还是不懂。

　　然而今天，当我爸与我妈办了离婚手续，曾经恩爱的夫妻成了陌路人时，我才猛然懂了。原来夫妻也有相互不认识的时候。

　　不过，我还有点不懂的是，我爸和我妈离婚了，从此不相认了，我知道是因为钱，他们俩经常为钱吵得天翻地覆。可是，书中的那对男女呢？他们又是为了什么呢？我还是没弄懂。

腐朽与神奇

大画家的伟大创造完全是因为一次失误。

大画家手执大画笔准备在一幅铺在地上的大画纸上作画。小书童双手捧着大墨盘紧跟左右，大画家沿着那张大画纸转了一圈、两圈、三圈，始终找不到落笔之处；小书童手捧大墨盘跟在大画家后面转了一圈、两圈、三圈，累得大汗淋漓手脚酸软。当大画家不知转了多少圈才完成构思准备下笔，当小书童跟着大画家屁股后面不知转了多少圈捧上大墨盘的时候，头一晕"哗——"，一大盘墨汁倾泼在画纸上。大画家恼怒至极，高举拳头正要向惶恐万分俯首弯腰手忙脚乱收拾墨盘的小书童打去时，他的拳头突然在半空中停止……

　　"快滚开！"大画家将手中的画笔一甩，吼开小书童，弯下腰去，两手牵起画纸，轻轻抖着，让那墨汁在纸上任意流淌任意浸润……大画家如此这般围绕画纸走了一圈，在那团墨汁向四周任意流淌任意浸润中，一幅画稿已在大画家的心中渐渐形成……

　　"拿笔来！"大画家手一伸，小书童将一支饱蘸墨汁的笔递给大画家，但见大画家在那片奇形怪状的墨迹上东边涂涂，西边抹抹……

　　在一旁的小书童先是莫名其妙，渐渐若有所悟，最后竟忍不住"哇——"地惊叫起来，接着才说："好一塘荷花！"

　　果然是一塘美丽又鲜活的荷叶荷花，似有清香之气扑鼻而来。

　　据说，这就是国画泼墨画创造的经过。后来大画家进一步发挥，在泼墨时加进色彩，于是便有了"泼墨泼彩"的新技法，于是一幅幅或气势磅礴或朦胧迷离或色泽恍惚的山水画从大画家手中流出，使得他在画坛上风光一时。

　　这种因"失误"而另辟蹊径完成另一种创造的例子在人类生活中可以说是屡见不鲜。

　　探险家因"失误"错走了一条路，虽未能达到预想的目的，却另有惊人的发现；科学家为探究一个元素的分子结构，因为某种小小的"失误"，却发现了另一种新的元素；天文学家在观

察某个小行星时因调错了望远镜头，却无意间发现一个从未被
人类发现的星系……这些例子在我们身边也不难找到，应了那
句话："化腐朽为神奇！"

●等

外公外婆一直与我们住在一起，他们都很老了，但坚持每天下午去散步，外婆腿脚有些不灵便，外公便搀扶着她，慢慢下楼，慢慢走出院坝，慢慢走出大门外那条小巷，去那有一排柳树的河边大道上，掺和在那些年轻情侣中。

外公外婆自小青梅竹马，两小无猜，历经七八十年沧桑，老来越发恩爱，形影相随，寸步不离。恰如人们形容的那样：公不离婆，秤不离砣。

外婆的腿越来越不灵便了，再也走不动了，外公想背她，背不动，想用手推车推，又有梯坎。于是只有每天把外婆扶下楼，在大门边上放个凳子让她坐下，独自去外面转悠几圈，然后回来再扶着外婆上楼回家。

天天如是，风雨无阻。

外婆虽然再不能去河边大道上看风景，但坐在楼下也有风景可看：看老大爷们下棋，看大嫂们打牌，看男孩踢球，看女孩跳橡皮筋。但她最关心的还是外公，只要时间差不多了，外公还没回来，她的眼睛就紧盯着门外小巷，院子里打牌下棋踢球跳绳动静再大，她也听不见。

但终于有一天外公先她而去了，但外婆每天仍然要去楼下大门边坐坐，由爸爸妈妈下午上班时扶她下去，下班时扶她回家。放假时我回家，扶外婆上下楼的事自然落在我身上。外婆自小把我带大，我很乐意去完成这个任务。

外婆孤坐在大门口，看大人小孩打牌下棋踢球跳橡皮筋，然后，把目光定在大门外的小巷那头……

天天如是，雷打不动。

●昙花盛开十六朵

又是昙花开的季节了，我天天去阳台上数那盆昙花冒出几个花骨朵。一朵，两朵……反复地数，一共十五朵。

我很遗憾，为什么不多一朵？我翻动那些又厚又大的叶子，找呀找，数呀数，眼都花了，还是只有十五朵。

妈妈也帮我找，翻遍了所有的叶片，也没有新发现，她也替我遗憾。

不是为别的，只因为我马上要过十六岁生日，可偏偏只有十五个花骨朵。

随着花骨朵的长大，我的生日临近了。

十六岁是被称为"花季"的年龄，因此我的十六岁生日被爸妈操办得热热闹闹张张扬扬。

生日蛋糕、生日贺卡、生日礼物，应有尽有；爷爷奶奶、外公外婆、三姑四姨、舅舅表舅、表哥表妹、同桌同学、朋友邻居，该来的通通来了，不该来的也来了不少，偌大的客厅坐得满满堂堂。

礼数也那么周到，《生日快乐》唱了一遍又一遍，十六支蜡烛也一口气吹灭，然后祝酒声、碰杯声、欢笑声，响彻云霄……

可是我心中仍然不快乐，因为我刚刚去数过，那含苞待放的昙花只有十五朵。

这时，一阵风吹过，把阳台上昙花浓浓的香气吹进客厅，看看表，午夜 12 点，正是昙花盛开的时候。

花香提醒了妈妈，她突然站起来宣布：

"我家小竹是十六年前今晚子时生，好凑巧，今晚我家阳台上的一盆昙花正要盛开，请大家出去看看……"

客人们欢笑着，簇拥着我走进阳台。

果然，雪白大朵的昙花在绿叶陪衬下开得正欢，一朵朵又大又圆，如小孩脸庞似的望着夜空咧嘴大笑，一股股又浓又酽的香味直往鼻子里窜，看得客人们一个个心花怒放赞不绝口。自然每句称赞都与我联系起来：

"真是凑巧，连花仙子也来为你送生日祝福。"

"小竹子，昙花为你而开，预示着你好运到来……"

我心里乐滋滋的，但总觉得还有些不足。

当客人们散尽后，我独自守着那盆盛开的昙花，一朵朵抚摸着，拉到鼻子下面慢慢地闻着轻轻地吻着。

沁人心脾的香气使我一次次沉醉，一次次陷入十六岁的迷蒙之中。

就在我拉过十五朵花时，我突然发现在它下面的一片肥大叶片下竟还躲着一朵。

我心里一阵激动，喊道："十六朵，十六朵，妈妈快来看，第十六朵……"

正准备睡觉的妈妈也激动起来，走过来与我一起一朵一朵地又数了一遍。

"十六朵，果然十六朵！"妈妈高兴得像我小时候她搂我那样搂着我，她甜甜的鼻息混合着花香向我直扑过来。

这时爸爸悄悄走过来，趁我们不注意举起相机，"咔嚓"一声，一道闪光后为我和妈妈留下一张有十六朵盛开昙花作背景的照片。

那天晚上我实在太兴奋，一点睡意也没有，等爸妈睡了，我搬张椅子，坐在阳台上，陪伴那十六朵鲜花，跟它们每朵花亲热，说悄悄话，希望它们永远美丽，永远开放。

然而我终于靠着椅子睡着了，醒来，东方已放亮，这时，我惊异地发现那些昨晚盛开的昙花，竟然一朵朵收了花瓣垂下脑袋，像在自叹自怜。

平时就有些多愁善感的我，不觉被这景象所感染，鼻子酸酸的，长长吁了口气。

　　"花开花落，本是常情，何必为它伤感？"不知什么时候走到我身后的爸爸用他那平缓的声音说，说罢，还连打了几个哈哈，笑得我竟不好意思起来。

　　抬头，见东方欲晓，鲜艳的朝霞照过来，照在那些又厚又大的昙花叶片上，泛出片片红光。

　　几乎每片叶子的边沿，都冒出有小小的花骨朵，它们信心十足地生长着，等待另一个美丽时刻的到来。

给妈妈一个惊喜

做完作业顿时便觉无聊起来，想看电视，又怕妈妈突然回来。左看右看，书架上所有的"闲书"早就被我翻了不知多少遍。于是起身去爸妈的卧室，他们床头架上常有些新书，那些书，一般不让我去翻动，今日他们都不在，不妨去找本看看。

为了不让爸妈发现什么"蛛丝马迹"，我动作迅速地找了一本后，把书原样码齐，然后钻进自己的小屋，接着便很快钻进那散发墨香的情节里。

书名怪怪的，可内容一点不怪，都是些能读懂的故事，大故事套小故事，一个接一个，有趣极了。

我没有读过快速读书法的书，可我读书的速度一点不慢，特别是这类有趣的书，不到一个钟头，哗哗哗，半本就翻了过去。最多再有大半个钟头，就能把它翻完"完璧归赵"了。

哗，又翻过一页就被卡住了，一张100元的崭新钞票紧紧卡在书页中，把书中的故事拦腰卡断。

惊异之后，我不再去管书中那对可怜男女是死是活，一心想着100元大钞该派个什么用场。

明天是同桌18岁生日，总得表示表示吧，买个什么生日礼物，20元；正在放映的电影，总不能把我落下吧，买票加冰激凌什么的，15元；或者买本畅销书……

不对，这钞票边沿哪来烧焦的痕迹？

啊，想起来了，那还是一个多月前……

"强强，你见到桌子上的钱了吗？"妈妈问。

我睁大眼睛望着妈妈，摇摇头。

"怪了，一张新票子，100元的，边上还有烧焦的印子……"

妈妈这两年记性越来越差，丢三落四的，我没吱声。

吃饭的时候，妈像自言自语："100元，能买不少东西哩，哪儿去了呢？"

"你问爸！"

"你爸从来不动我的钱。"

我火了，说："难道我会动你的钱？"

说完，我把筷子一撂，疾步走进自己的屋，委屈化为一阵巨大的风，把门呼的一声关上。虽然妈在后面声明说什么"我又没怀疑你"，那只不过是"此地无银三百两"罢了……

没想到，这钱竟夹在书里。一定是爸看书时顺手夹进去的。

那烧焦的痕迹一定也是他留下的。

心中说不出有多高兴，沉冤得雪，窝了这么久的一肚皮气，今天该出了。

等妈回来，拿上这本书，这张钞票，让她看……

但细想不妥，妈记性不好，心眼可细着哩，说不定她会想一定是儿子"良心发现"，找个借口把钱退回来……那就算了，反正也过去这么久了，黑锅不背也背了，干脆按原计划，明天拿去用了。

于是我将钱折了，放进口袋。

这时，才想起书中的那对可怜男女，然而当目光再转向书页时，思想总集中不起来，心里一直惦记着那张 100 元的大钞。不时，耳边还冒出个声音问我："你那样做，对吗？"

我犹豫了，心神不定地在我的小屋里走来走去。

终于，让我想出了简单的办法：我站在屋中央，双目紧闭，心里默默祈祷一番后，右脚猛向上一踢，将拖鞋踢向天空。

只听"叭"一声，拖鞋打上天花板，接着又"噗"一声落地后翻了个身，底儿朝上在那里躺着……

妈，别怪我，这是上天的意思，钱我用。

我感到一丝心安理得，于是便再次埋头去关心那对男女，这才发觉故事编得太拙劣，破绽百出，一点儿看头也没有。书一合，准备把它放回原处。

刚起身，便看见窗外远处有个熟悉的身影在慢慢地移动，那是妈妈下班回来了。

看她一手提着那个一年到头都提着的提包，一手提着装满蔬菜水果的塑料袋，缓缓挪着脚步。因为远，看不清她的脸，但那姿态，分明十分疲惫和焦虑。

妈妈踏着疲惫的脚步回家的情景，我看了不知多少次了，但不知为什么，今天却不一样。

她好像更累，步子踏得更慢，更沉。

不觉间，一股酸酸涩涩的滋味从我心底升起，直蹿鼻腔和脑门，然后，化成两行热泪，咸咸的，流过我的唇边。

突然，我像对另外一个人似的，使劲给我头上一掌，然后从口袋里猛抽出那张钞票，把它夹在书中，把书迅速送回妈妈卧室的书架上，原封不动地放好。

我要给妈妈一个惊喜，一个不仅仅是找回那张 100 元大钞的惊喜。

外公的"黑色幽默"

外公去了，我们根据他的遗愿，为他开"欢送会"。

一切都按他生前的安排。

灵堂正中，挂着他一幅笑容可掬的遗像。他笑得那么开心，乐呵呵地望着来向他告别的每一个人，使人觉得那宽宽的一圈黑色镶边眼镜显得滑稽。

我早就听说什么"黑色幽默"，但一直没能弄懂它的真实含义，今日一见，陡然觉悟，啊，原来这就是——外公早有遗愿：

把丧事办成"喜事"。

公式化的仪式后是瞻仰遗容。人们围着外公转圈，气氛十分肃穆，但并不显悲哀，因为外公的表情十分安详，甚至略带笑容，好像正在做一个快乐的梦。

人们被感染了，脚步也不那么沉重，就连外婆也没有想象的那么哀痛，指着外公表扬说："老头子一辈子善良。活着，不啰唆人；死了，也不吓唬人。"

瞻仰罢遗容，送外公去火葬场火化。在车上，人们议论纷纷，说着外公的许多好处，最后把话集中到他的棋艺上。

外公不打牌不钓鱼，唯一的爱好是下象棋。

早在外公年轻时代，他就颇有棋名，凡有比赛他都参加，每次都能拿个冠军亚军的。退休以后，他杀遍这片小区未遇对手，博得"棋王"美称。凡与人下棋，他都让子儿，或车或马或炮；就是让了，你也赢不了他……

"可是，上星期，我未要他让一个子，居然把他打败了。"一个姓陈的叔叔颇为得意地说。

众人惊异地望着他，满脸的不相信。

也难怪，陈叔叔的棋艺狗屎透顶，在小区棋界享有"陈狗屎"臭名，他居然能战胜"棋王"，谁信？

不过另一个叔叔马上帮腔说："说起来也怪，我一贯是他的手下败将，可前几天跟他下棋，一连赢了他三局。

"啊！你就进步那么快？"

"神了。"

"那一定是他让你。"

"不会，他下棋从不让。"

"那一定是他老糊涂了……"

我在一旁听着，没有开腔，但其中原委，我最清楚。因为不久前，我也赢过外公的棋。

我会下棋，是外公教的，学会以后与他对弈。

开始，他让我车马炮，之后让我马炮，再后来让我一个车，但我终还是输，输急了，我想，反正是输，不如输得硬气点，一个子也不要他让。

说来也怪，真的一对一干，我下得更好，虽然仍旧是输，但几次我都发现外公额头上冒汗，而且有一次，从不悔棋的他居然要悔棋，我当然没同意，硬是让他白白丢掉个车。然后步步紧逼，眼看他的"棋王"不保，我心里好不激动，做梦都想赢外公的棋，而今竟成了现实。

正当我准备为战胜外公而欢呼时，不知怎的，被他一步巧棋扭转局势，反把我逼向绝境。

为了报复我，毫不手软的棋王逼着我"推磨"，转得我头昏脑胀大汗淋漓。

我又气又急，差点倒在地上打滚。

"想赢我的棋吗？没门。"

临了，外公还甩过来这么一句话。

可是才第二天，外公就输给我一盘棋。

当我又跳又叫欢呼我的胜利时，外公也咧着嘴陪我笑，笑得那么真诚。然后，他意味深长地说道："我第一次赢棋也像你这么高兴。直到现在，我已记不清赢了多少盘棋，但每次赢棋，看着输家的满脸懊恼和颓丧，我心里都掠过一丝得意，感到一种满足……

"好多年了，我都没尝到过输棋的味道了，今天尝到，分外有味。我觉得比赢棋的感觉好，而且好得多……

"你说，这是一种什么心态？"

我回答不出来，只望着外公满脸的皱纹和深邃的目光发呆。

虽然，我明白外公的输棋意在"品尝失败"，但他为什么要这样，我说不清楚。

灵车和送葬的车队开到了火葬场，我目送外公被推进吐着火苗的火化炉。

抬头望望蓝天，一缕青烟从高高地烟囱里冒出，被风一吹，竟成了一个弯弯的问号——"？"，但问号的那一点没有冒出来，却变成大大的两滴眼泪，流过我的面颊，重重地砸在我的脚上……

●舅舅"郑屠"

我把舅舅叫"郑屠"。当然只能在背地里叫。

这不仅仅因为舅舅姓郑。

舅舅长得膀大腰粗，力大无比，两个人抬的电冰箱，他腰一弯扛上肩，直上六楼，一口气也不用喘。

不过仅仅因为长得粗壮力气大，我也不会叫他"郑屠"，主要是因为他睡觉打呼噜，鼾声如雷，几间屋的人都能听见，何况我跟他睡在一屋。从小学到中学，我就没睡过一天清静觉。

那时我爱看《水浒》，最恨里面那个"镇关西"，因此每当他打鼾把我吓醒，我就使劲骂他"郑屠"。把他闹醒了，我便不敢再骂。舅舅的手重得很，碰上了就会青一片。

我进高中不久，舅舅进厂当工人去了，我不由得心里暗自高兴，从此，再也不会被他的鼾声打扰了。

舅舅的厂里效益不错，每月工资加奖金收入比爷爷的收入还多。

爷爷常嫉妒说："我干了几十年还不如你这个小工人。"

不过舅舅这时学会了抽烟喝酒打牌，还会说难听的粗话，倒是真的有些像"郑屠"了，为此，爷爷经常骂他。

可是，这时我对舅舅的印象已开始好转，背地里不再叫他"郑屠"了。

舅舅会钓鱼，他们厂纪律松松垮垮，他有的是时间，他常去河边钓鱼，隔一两天就提一兜鱼来。

妈妈又是做鱼高手，红烧鱼、糖醋鱼、酸菜鱼、泰安鱼……换着花样做，吃得一家人皆大欢喜。

特别是我家那只大花猫，一见舅舅来就跟他亲热，围着他叫个不停。

正在一家人都高兴的时候，舅舅却扛着他的行李垂头丧气地回家了。原来，他下岗了。

他仍与我同住一屋，不过这时他打鼾少了，往往几夜失眠，好不容易睡着了，照样打鼾，但我再不忍心把他吵醒。

舅舅在家闷了大半个月，爷爷发话了，说他这么大个人好意思在家里吃闲饭。

爷爷又托人为他找了份事情，可是他不去，说："挣那点钱不如去钓鱼。"

果然第二天一早他就拿着钓竿出去了。晚上回来，居然钓了好几斤，除留下些自己吃，其余卖了一二十元。

他把钱往爷爷面前一放说："我的伙食费。"

爷爷有些生气说："我不在乎你这点钱。你牛高马大的，能钓一辈子的鱼？"

舅舅不听，仍然每天潇洒地去钓鱼。

不过后来越钓越少，舅舅脸上的潇洒表情也越来越淡。

这天，舅舅回来很晚，进门就把鱼兜往厨房里一丢，一头钻进屋睡觉去了。

我去厨房翻看鱼兜，里面只有一条二指大的鱼，大花猫已抢先对它进行解剖。

这时看电视的爷爷问道："今天钓有多少？"

我忙从猫嘴中抢过鱼说："三斤。"而后赶快补充，"两只眼睛，一根脊梁筋……"

说得爷爷和爸爸都大笑，妈妈却白了我一眼，又在我头上狠狠戳了一下。

爷爷笑罢，很慎重地说："不能让他再这样下去了，给他办个执照叫他去做生意，我出一千元。"说着，转脸对爸妈说，"你们当哥嫂的也赞助点"。

爸妈也拿出一千。我见了，也从兜里掏出过年的一百元压岁钱。爷爷表扬我说："懂事了。"

没过两天，舅舅就办好一切手续，又去什么地方租了间房子，开始当起老板来。

因为那一阵子我忙于升学考试，一心钻进书堆里，对舅舅的事无心过问，只是偶尔在饭桌上听爷爷像表扬我那样表扬舅舅懂事了。

高考结束后，整天在希望与失望中惶然度日，哪有心思去过问舅舅的生意。直到接到大学录取通知书，我悬起的心才放下来。这时，我向爷爷提出去舅舅处，去看他怎样做生意，爷爷说行，明早就去。

第二天天不亮，爷爷就把我叫醒，踏着月色上路了。

路上爷爷才对我说："你舅舅现在当了杀猪匠。"

我听了，张大了嘴半天也合不拢来。没想到的是，以前我暗地里叫他的那个诨号而今竟成了事实，舅舅真的成了"郑屠"。

我想当主角

　　小帅的课外活动既单调又丰富。说单调，他的课余时间只去一个地方——寝室门外的走廊上，趴在栏杆上看风景；说丰富，是指楼下的风景：楼下有条左通食堂、右通操场的大路，人来人往，熙熙攘攘，值得看的景致多着呢，比如打了饭过来的同学，不小心与谁一碰，"哐唧"一起，碗从手中滑落，饭菜撒了一地不说，才买的大花碗摔成几瓣……

　　"哈哈哈……"小帅忍不住大笑。

　　"哈哈哈……"寝室里看书、下棋、海侃的同学闻声撵出来，也跟着大笑。

　　真过瘾！小帅从来没有这么兴奋过，他没想到自己的发现居然能吸引这么多同学来加入他的大笑合唱。

　　还有更过瘾的。这天，他发现从食堂那边走过来一男一女，男的是本班的文体委员沈，他和一个好靓好靓的女孩肩并肩有说有笑地走过来。小帅眼睛一亮，一股莫名的气体从喉头冲出——

"啊——"

"啊——"寝室里的同学听见小帅怪叫，一定是他又有新发现，赶忙冲出门来，跟着一齐大声乱叫。

"啊——"左邻右舍的同学也冲出门来，见小帅在那里指指点点地怪叫，也跟着叫起来。

当楼下的女孩抬头发现那叫声竟因自己而起时，头一扭，脚一顿，飞快地跑过那条长长的路，消失在路那头。可是吼叫声却仍然环来绕去，不肯停歇。一阵风吹来，吹活了树，也吹醒了沈，他抬头望望楼上那几堆人，脸上的表情不知是笑，是怒，还是恼……

"喔……嘻……"越发得意的小帅向他做了个鬼脸，把吼声调低八度，边哼边笑边叫。身后，随着他的领唱，七零八落的笑闹声不绝于耳。

从此，这里便有了道独特风景：独特的喧闹声从这里发源，播向校园每个角落。小帅，便成了这道风景的当然导演和领唱。

这天晚饭后，小帅急急忙忙撂下饭碗，跨向走廊，手扶栏杆左顾右看，忙着发现新题材，寻找主角，以便编排今日的节目。忽然，楼下有人叫他，说是叫他去校门传达室取东西。

他恋恋不舍地离开他的岗位，匆匆赶去校门。

　　原来是家里托人给他捎的一大袋水果，苹果、香蕉、鸭梨，都是他爱吃的。提在手上沉沉的，香味四溢，忍不住从中取出个大苹果边啃边走，心中惦记着尚未编好的节目，脚步不由得加快。当他远远地看到楼上走廊边站满的他的合唱队员，因为没有节目表演而一个个呆若木鸡时，他心急如焚，放开脚步向楼道冲去。

　　扑通！哗啦！

　　他一跤摔在地上，口袋破裂，苹果、香蕉、鸭梨，滚满一地。

　　"啊——"楼上传来哄笑声。他们终于等到了节目。

　　因为跑得太急，小帅摔得实在不轻。

　　他忍着痛，爬起来，收拾了地上摔破了的水果，一步一瘸地往楼上爬。

　　这时楼上的吼叫声里夹着怪叫声、笑声和掌声，欢迎他们的导演和主角光荣归来。

　　不过小帅并不难过，他揉揉痛处，打起精神，爬上楼，走上他的"岗位"……

　　"啊——"一声撕裂般的怪叫从他喉口发出。

　　他在为自己当上主角喝彩。

放　生

今日晚饭的气氛太沉闷。

都是因为这只乌龟。

你看它，缩头缩脚，一动不动地趴在桌子上，装作老实的样子，可那双小眼睛一闪一闪的，分明在听我们讲话。

"放生！"爸爸的气一点没消，他斩钉截铁地说着，然后猛扒一口稀饭，一阵吸溜吸溜的声音从他口中传出，把晚饭的气氛搅得一塌糊涂。

我低着头吃着稀饭，桌子中间盘子里小葱油饼散发出诱人的香味，但我不敢去夹，我怕碰上爸爸发怒的目光。

"给……"妈妈一定看出我的心思，忙夹了一块放在我碗里。我做作了一下，然后接住，咬了一口，真香。

"说起来也怪我，半年前不买它回来，不就……"妈妈为了息事宁人，把责任往自己身上揽。

"不，都怪我不小心……"我说着，眼睛狠狠地盯一下仍旧趴在桌子上一动不动的乌龟，真恨不得用筷子去敲它两下。

要不是它钻到爸爸书桌低下，我去搬动书桌把爸爸新买的眼镜晃下来摔碎，爸爸也不会发这么大的脾气，一定要把它丢下河里放生……

妈妈见我低着头，说话的声音又有些变调，忙说：

"算了算了，不就一副眼镜嘛，再配一副就是了。"

"眼镜倒是小事，"爸爸停止了他的吸溜声，极其严肃地说，"玩物丧志！你看他，自从买回这个小乌龟，放学回来就去忙着捉蚯蚓、逮蜗牛，伺候那个小东西，半天没见着，就钻床底、挪沙发，乱翻乱找。一天到晚想到它，连写作文都是《不会说话的小乌龟》啦，《小乌龟的心事》啦什么的，怎么不想想马上就要中考了……"

原来，爸爸是"醉翁之意不在龟"，怕我和小动物玩耽误了学习，打烂眼镜只是一个借口。

我便说：

"爸，您放心，我一定能顺顺利利通过中考，进入重点高中……"

爸爸一挥手，制止我再说下去，板着面孔固执地说：

"为了让你集中精力，一心一意扑在学习上，这乌龟一定得放生！"

难道小乌龟听懂了爸爸的话？它伸出小脑袋，一步步向我碗边爬过来，一双亮晶晶的小眼睛死死地盯着我。

我不忍再看它，碗一推，起身回卧室去了。进屋后把门拉上，留个缝，好听大人们讲话。

"我看就算了吧，叫他下个保证……"这是妈妈的声音。

"他又不是没下过。"爸爸说。

"这次叫他写个书面的。"

……

奶奶有点耳背，但也听出什么事了，便说：

"放生？就放到乡下他舅舅的塘里……"

"不行！"还没等奶奶说完，爸爸就打断她说："他？他什么都吃，啥都不嫌，乌龟正合他胃口。"

妈妈也说：

"他舅舅，除了天上飞的飞机，地下爬的坦克，水里跑的兵舰不吃，其他凡咬得动的都吃。把乌龟给他放生，等于给他添道菜。"

妈妈的话说得外面一片笑声。

听到爸爸的笑声，我心里也笑了。他心情一好，就不会把乌龟丢到河里放生啦。于是我赶快扑向书桌，写下一份《保证书》：

我保证不会因为和小动物玩影响学习成绩，第一……

当我拿着《保证书》出来，爸已不在家。妈妈说，他已带上乌龟去河边放生去了。

回到卧室时我几乎要哭出声来，那乌龟太可爱了，没事就围着我脚边转，把颈子伸得老长老长，嘴张得老大老大，活像嗷嗷待哺的小鸟。可是现在……想到这里，我真想冲到河边，递上《保证书》向爸爸求情……可是，再想到爸爸那绷起的脸，立即止住了脚步，渐渐安下心来，去对付那满桌子的作业。

也不知过了多久，妈妈笑眯眯地进来，手上拿着那只乌龟，向我胸前一递，说：

"给，你爸说了，还你。你把那张《保证书》拿来，白纸上的黑字，可要算数……"

我一阵高兴，赶忙从桌子上找到那张《保证书》，交给妈妈，顺手接过乌龟，两手紧紧地把它抱住，生怕它飞了似的。

跟它亲热一阵后，把它放到地上，任它爬，扭过头来，我专心做我的作业。

不过我有些想不通，一向固执的爸爸为什么改变了主意呢？

我悄悄走到门边，恰好听见妈妈在问：

"你怎么改变主意的？"

"唉！"还没说话，爸爸就先叹口气，"我走到河边，正准备把乌龟向河中丢，抬眼一看，河里有好多船正在打鱼，那网不停地向河里撒，我这一丢，不正丢在他们网里？"

"那你就等一会儿再丢嘛。"妈妈说。

"可是，刚刚等撒网的渔船过去，后面又来一批放鱼鹰的船，每条船上都站着几只鱼鹰，那些家伙训练有素，一个猛子扎进水中，游得多么快的鱼都跑不掉，这笨乌龟丢下去，不正好进入它们的口中？"

"那你，就再等啊。"

"本想再等等，左右看看，不等了。"

"那为什么？"妈妈问。

"全是钓鱼的，顺河边密密麻麻的钓竿，像两排不长叶子的竹林。每根钓竿都拴有线，线上拴有钩，钩上安有鱼饵，什么蚯蚓、虫虾之类，全是乌龟喜欢吃的，我这乌龟丢下去，要不了半个时辰就会被他们钓起来，你说，我能把它放生吗？……"

"啊……"妈妈长长嘘了口气，感叹着。

"啊……"我也长长嘘了口气，庆幸着。

我退到书桌边，弯腰捡起小乌龟，捧在手上，对它说：

"我可怜的小乌龟，你就安安心心待在我家吧。"

等你的心情

远远地，那棵柳树，连同树下那条石凳，逐渐清晰起来，看看表，我整整提前了 20 分钟来到这里。

我天真地以为我早些来就能早些见到你——不过转而一想，即使不能见到你，能坐在那方石头上，回味那日的相聚，或者预习即将的相聚，也是一种莫大的幸福。

绕树转了三圈，在石凳上坐下又起来，看看表，才过去 5 分钟，难道表停了？我细看秒针在动。

那边过来一对情侣，相依相偎，亲密无间，细看，原来是那天的那一对情侣。记得那天你特地指给我看时，脸上还挂着猜不透的笑容——不过现在猜透了，你一定是笑我胆小，给我打打气……

他们走得更近了，那男孩除了个子高以外一无可取，而黏在他身上的靓女，用再挑剔的眼光也找不出一丝缺点，我断定那女孩神经一定不正常，要不然……嗯，神经不正常可是最大的缺点了。我为她遗憾，这时那个男孩，像猜透了我心事似的突然向我投来得意的一瞥，意思再明显不过了。不过我也不示弱，在回敬他的一瞥后，我赶快挪动身子，把你的座位留出来，意在告诉他我并不是形单影只，我等的她，可是一个真正无一缺点而且神经正常的女孩……

想到她，我赶快看表，才过了 10 分钟。

这是最不好打发的 10 分钟。

据我的经验，最不好打发的时间只要用来想最重要的事情，时间就容易打发了。

最重要的事莫过于昨天丢了饭卡，上面有我整整一个月的生活费，没想到当我去挂失时，早就有人捷足先登，只给我留下最后 5 分钱守卡，怎么办？民以食为天啊——我不觉抬头望望天，蓝天上一朵白云飘过来，轻轻盈盈，袅袅娜娜，恰如你的风姿……一想到你，这时间怎么就又慢了。看表，才过去 4 分 30 秒。

最后 5 分 30 秒我不再"守株待兔"，我要主动相迎以示热情和诚意，于是站起身来，从领口到袖口，把本来笔挺的西装再拉扯一遍，又拍掉胸前那丝柳絮，叉开五指拢拢头发，然后，调整好面部肌肉，把表情调到最佳状态，迈着潇洒的步子向你来的方向走去……

　　然而，我走完一条沥青林荫道也没见到你的身影。难道，今天你会从另一条路来？我立即折回，改走另一条水泥石子路。这时再看表，已超过约会时间 2 分 30 秒。

　　我开始着急，脚步再也潇洒不起来。估计你有什么事，但不管什么事，也不该迟到呀……再看看表，又过了 2 分 30 秒，已整整超过 5 分钟。你呀，样样都好，就是时间观念不强。才说你没有缺点，马上就钻出来一个。

　　水泥路也走到头了，还是不见人。估计，你不会走这条硌脚的石子路，一定还是走那条两旁种满树，走起来轻松的沥青路。

　　我再次调转身来，急急忙忙地往回走，脚步已变得杂乱无章，看表，已超过 10 分钟。一丝莫名的情绪从心底升起，见了她，一定要埋怨她几句，腹稿已经打好，而且，还要让她从脸上看出点什么。于是，脸上的肌肉重新调整部署：鼻子，稍稍有点皱；嘴，微微有点噘……当然，不能做得太夸张，有那么点意思就行。迟到十分钟，也只能算是个小缺点……

　　我转了一个弯，远远地，又见到那棵柳树。是谁？竟占了属于我们的那方石凳，还在那里煞有介事地低头看书。我急走几步，我们几乎同时："啊！是你……"

我本想先问你，你倒先问起来：

"什么事耽误了？迟到了整整十分钟。"

"……"我望着镜片后那双迷人的眼睛，不知该怎么回答。

●葬 礼

刚吃罢早饭，生产队长就在对面坡上长声吆吆地喊："老林，把你木工家什拿着，老康哥昨天晚上落了气，去给他做副火板板。"

这本是意料中的事情，老康哥已有一个多月没有出工，前天，我端碗稀饭去看他，喂他嘴都不张，人瘦得像柴棒棒，两只眼睛像半灭的灯。人们都说，他在等他的兄弟，要最后看一眼，才得落气。可是他兄弟还没回来。他实在坚持不住了。

我操起木工家什刚走出院坝，隔壁胡大嫂有点阴阳怪气地说："老林，多给他钉几颗钉子哇，你们两个好一阵。"

我回头敷衍地笑笑。

说我与老康哥好，也不假，每到逢场天，出工只有我两个。我们俩这时候交谈，谁也不知道我们讲些什么。

几乎每次都是他先讲，几乎每次他开头一句话就是："哼，我当队长那阵……人都走完了，规矩都兴坏了……"

起初，听他这话，我吃一惊，看他那副样子，又矮又小，倒憨，不痴，脚上穿双补了若干补丁的大皮鞋，走起路来一拐一拐的，好似卓别林的动作，说话时嘴里像衔了个什么东西，半天吐不出一句。

当什么队长？！吹牛不要本钱。但过后一打听，他还果真当过队长。

在生产队劳动虽说吃不饱，但时间好混。比如锄草，一下地，男女老少排成一条线，一人占一两行，锄上三五分钟，就有人开腔了，远可盘古王开天地，近到昨天生产队分红萝卜；大到哪个国家和哪个国家打仗啦，小到刘三娘家才出窝的小鸡被耗子拖走了一只；至于山背后李二婶嫁女，对门弯弯张五爸娶媳妇，某某人家的秘闻轶事，等等，更是热门话题。于是你看，讲话人讲得起劲，一手扶着锄把，像拿着话筒，一手上下翻飞，又比又画；听的人听得有劲，也都双手扶着锄把，把脸向着讲话的人，随着龙门阵的内容变化，或喜或忧，或愁或怒。直到故事讲完，大家才想起手中的活路，于是又埋下头干活。

不到十分钟，另一个故事又从另一个人那里开始……一个上午，就这样轻轻松松地过去了。

不过，摆龙门阵的人都不约而同地遵守这样一个原则：就是凡涉及本队的人，先看看他来没来，要没来才摆；但是，只有一个例外，那就是老康哥。因为第一，老康哥永远都出工，等不到他不来的时候；第二，他不计较，说他好他笑笑，说他坏他也不辩解。加上，他身上确实有许多有趣的故事，不讲他嘴巴痒。

老康哥父母死得早，带着弟弟讨口叫花。新中国成立后，分了土地，弟弟又参了军，日子还过得去，只是他长得又矮又丑，三十几岁了还没有讨到婆娘。

有一年他兄弟回来看他，见他单人独马，十分凄凉，拿了两百块钱给他，还给他一套军服和一双大皮鞋，把他扎扎实实武装了一番，好让他接房嫂嫂。老康哥从来手上没有过这么多钱，不知怎么样该花得出去。

忽然间他有了不少好朋友，天天伙着他抽烟喝酒赌钱，不到三个月，两百块钱花得精光，连那套军服也换了酒喝，只剩下那双大皮鞋，天晴下雨都穿在脚上，算是留了个纪念。

人们都说老康哥这辈子光棍打定了，可谁晓得，在他四十岁那年，老康哥居然发了起来。

老康哥在队上天天和一些老弱苦干大干巧干，晚上还挑灯夜战。好在有公共食堂，吃饭不要钱，日子还从来没有这么好混，脸上居然长了肉，精神状态也特别好，样样运动走在前面：打麻雀别人打不着，他晚上去掏窝，什么画眉、杜鹃、啄木鸟，都抓来抵数；打苍蝇不出门一天能交好几百……而且，铁面无私，六亲不认。上面看他是个人才，宣布他当队长。

时势造英雄，反过来英雄造时势。自从老康哥当了生产队长，队上的各项工作如坐火箭，飞快地跑在大队甚至整个公社的前列。

你不要看老康哥那副不起眼的模样，还蛮有杀气，大人娃娃都怕他。不少娃娃到山上偷粮食吃，有天老康哥逮到六岁的方娃，一耳光打闭了气，后来医好颈子也还是偏的（长大了颈子都有些偏，人们给他取诨名"向右看齐"）。昭明出工迟了，老康哥骂他，他还顶嘴，便不声不响地过去，一把抓住他的耳朵，可怜一米七八的小伙子哎哟哟叫一声倒在地下。

下头弯弯的陈老婆婆，论辈分他喊她表姊娘，他在她拣柴背斗里翻出两根红苕，不由分说，取过镰刀就把背斗砍得稀烂。

经过这几件事，老康哥威名大震，人们见他来了，大气都不敢出。

他在对面坡上喊活路，哪家敢不尖起耳朵听？

俗话说，花无百日红。正当老康哥红得发烫时，出了一件虽在情理之中却出乎人意料之外的事，最后使老康哥坠入深渊，身败名裂。

那天早晨出工，老康哥清点了人数，只差杜二嫂没有来。老康哥气冲冲地跑到杜二嫂家，一脚蹬开了房门，看她还在床上睡觉，不由怒气冲天，一个箭步蹿到床边，猛地把被盖掀到地下，这一掀非同小可，一对光屁股男女搂抱着的镜头出现在眼前。原来是一直在外面干活儿的杜二哥昨晚回了家，两口子睡得正甜，被这突如其来的动作惊醒，杜二嫂吓得直叫。

杜二哥反过身子来喊道："快把铺盖给老子盖上！"

老康哥从来没有见过这样的场面，先是一惊，后来慢慢拾起铺盖，给他们盖上，在盖之前，他还抓紧时间看了几眼，才退出门去。

如果老康哥那天不去掀杜二嫂的被盖，他肯定不是现在的老康哥，那一掀，人间最大的秘密都赤裸裸地显现在他眼前了，坏了，他完了。人们都说，那种事看不得，看了要倒霉，老康哥以后的经历，果然应了这个话。

老康哥自从看了那两口子睡觉以后，自己晚上再也睡不着觉了。过了几天，他打听到杜二哥已经出门，半夜里悄悄撬开了杜二嫂的门，摸到她床上，杜二嫂先是不干，后来也就顺从了。

真是"天从人愿"，正当老康哥心焦这桩好事难长之时，忽然传来消息：杜二哥出了意外被垮下来的土高炉砸死了。

杜二嫂哭哭啼啼去安葬了丈夫，回来后不到一个月，就与老康哥登记结婚了。杜二嫂从此升了一级，人们改叫她康大嫂了。

如果老康哥就此满足，守着等于捡来的老婆，安安心心当他的队长，他肯定不会是现在的老康哥。谁知他吃着碗里，看着锅里。反正不冒烟的事，谁也无法计算。可有一次，他竟然勾上了一个年轻的姑娘。

老康哥陷入情网了，就是唐明皇爱杨贵妃，怕也不过如此。他暗暗起誓，如果能与这姑娘结婚过一辈子，再也不想其他了。但家里老婆在，又找不到理由离婚。他想杜二哥是被土高炉砸死的，于是他巴望家里倒房子，每次出门他都祈祷，但每次回家老婆都活鲜鲜地迎着他。他焦虑了。

俗话说，色胆包天，老康哥心想，你自己不死我要你死。他在街上买了两包耗子药，趁他老婆不注意时放在她饭碗里。他看到老婆扒了两口饭后，就借口检查生产出门了。

老康哥出门慌慌张张在田埂上转了几圈，忽听人声嘈杂，便朝那个方向走去，想去看看稀奇。走拢，原来正是自己的家门。

只听一片叫喊声："对了，对了，队长回来了。"

"快点来，老康哥，看康大嫂是咋个搞的？"

他走进屋一看，老婆已被人抬到床上，口里吐着白沫。一碗饭从桌子上撒到板凳上、地上。糟糕，那只生蛋鸡婆在桌子底下抢吃，不一会儿，三歪两倒，翅膀扇了几下，死了。

老康哥又怕又慌，不知所措，嘴里说道："咋搞的？哪个龟儿子放了毒？……快，快来救人。……"

康大嫂在呻吟，在挣扎，老康哥像热锅上的蚂蚁，在屋里团团转，心里暗暗咒骂老婆的命大，断不了气。

这时不知谁找来了医生，给她打针灌药，眼见她慢慢缓过气来，一双含泪的眼睛，死死盯着他，想说什么，却没说出来。

正在这时，大队书记进来，在屋里东张西望看了看，然后拍拍老康哥的肩膀说："走，到大队部去一趟。"

刚跨进大队部的门，老康哥的腿就软了，扑通向支书跪下，只叫救命，然后一五一十地招认了。

支书当场对他说："政府的政策是坦白从宽，你坦白了，又没死人。你回去，好好当你的队长。"

老康哥心里放下一块石头，大步朝家走去，路过一座土地庙，他忽然想起去年有人要拆这土地庙时，他阻挡了。心想，这回是土地菩萨保佑了我。

老康哥前后左右看看无人，急忙跪下去磕了两个响头。

回到家里，老婆已经缓过来，可怜巴巴地望着他说："他们问我，我只说是我自己心眼窄，没有扯到你。"

老康哥跺脚道："唉，你为什么不早点给我说？"但转而一想支书的话，也就坦然了。

第二天清早，老康哥照样喊工，可他发现，人们再没有以前答应得那么快了，不过他也没有计较。下午，有人通知他去公社开会。

对开会，老康哥从来是积极的，叫婆娘早早煮了饭，吃完筷子一丢，就赶到公社去了。但这一去再没有回来。

又过了两天，县上来了一男一女两个公安人员，问了干部，又到老康哥家作了调查。

转眼又过了大半个月，这天公社开大会，正是打谷子的天气，太阳晒得火燎燎的，开会的人个个等得心焦破烦。

快十二点了，公路那边才开过来一辆汽车，在会场边停下。

车门一开，下来几个公安人员，从车子里拖出老康哥，押上戏台。但见他手上那副铜铐子在太阳照射下闪着刺眼的光。

台子上的公安人员从包里摸出几张纸大声地念着，说老康哥蓄意杀人，情节恶劣，但能坦白，还没有造成严重后果，从宽发落，判劳改四年。老康哥在台上弯腰九十度，康大嫂跪台下心疼地哭了起来。

老康哥被绑在公社门外的树桩上。这时，围过来一群人，看他，议论他。

老康哥恼火了，对着叽叽喳喳的孩子们说："看你们野老汉啦！"对着指指点点的女人们说："看你们野老公啦！"

这一骂，散了不少人，可偏偏有一个妇女走拢他，掏出手绢给他揩汗，一边又抹着自己脸上的泪。她就是他的老婆康大嫂。

康大嫂两手不空，一手给他揩汗，一手给他打扇。

老康哥不但不感激，反而冒火说："老子不热，你扇个屁，快给老子整些吃的来。"

好在离家不远，康大嫂忙回家把放了好久的几个鸡蛋煮了，下了一大碗挂面，给他端了来。她看看公社门外只有稀稀拉拉的几个人，就动手去给老康哥解绳子，刚动手，远处树荫下传来一声吼叫："那是法绳，谁个敢解！"

康大嫂慌忙缩回手来，端着面，用筷子一口口喂他。老康哥本来就矮，树桩上一捆，更矮了，在康大嫂面前，像个大娃娃。真是牢里放出来的，只见他狼吞虎咽，康大嫂手忙脚乱，面和鸡蛋一扫而光。

康大嫂不计前嫌，如此这般伺候要害死自己的男人，其场面之精彩，引来了不少看客，有的说康大嫂菩萨心肠，真是个好婆娘；有的说她是个贱骨头，讨得的。

康大嫂不管这些议论，自己心中有个打米碗。喂了饭，给他把嘴脸揩得干干净净，流着泪骂那个勾引她男人的娼妇，看把我的男人害得好苦。这时公社炊事员给老康哥端出碗饭来，康大嫂接过来，又喂了几口给老康哥。

人们只要谈到这一段故事，做活路的人都伸长了耳朵，讲的人眉飞色舞，听的人专心致志，就连在场的老康哥也陷入了甜蜜的回忆。有人直截了当地问老康哥："喂，你当时有些啥感想？"

老康哥毫不犹豫地回答说："我感到那顿饭吃得很饱。"

"好人不长寿，祸害千万年"。人们讲到这里，往往用这句话来做总结，因为那以后不久，一心一意等着老康哥的康大嫂得肿病死了，而老康哥还活着，四年只改造了三年，就提前回来了。

老康哥比原来更矮了，天天扛着锄头上工。因为这时公共食堂早已取消，他手里还提着个捡柴的兜兜，拖着他那又大又沉的皮鞋，混在劳动的队列里。

常常有人这样问他："老康哥，还请你出山当队长啊！"

"哎，无官一身轻！"

"喂，你还是接个烧锅的不？"

"哼……"老康哥改造了几年，果然长了"见识"。

我来到这个生产队时，老康哥才由劳改队回来不到一年，虽然我们天天同在一起劳动，但从来不交谈，只有逢场天，社员都去赶场去了，剩下我们两个才讲几句话。

而我们俩真正建立起交情还是那次公社开训话会。在会上受了一通只许规规矩矩，不许乱说乱动的训斥之后，回来与老康哥同路。

当他了解我的身份时说话也就随便了："我说你也是鬼摸了脑壳，啥子错误犯不得？贪污还落得个钱使，嫖婆娘也还安逸了一阵，你那个只图嘴头子快当，碰到钉钉上。"他的话虽然有教训的口气，听起来倒还实在。

还有一次是年三十的清早，我正准备启程回家过年，在路上经老康哥家门时，看他正在操刀杀鸡。

他左手紧抓鸡头鸡翅，双腿紧夹鸡脚，右手提着刀，颤颤巍巍地向鸡颈子杀去。

眼看出了血，老康哥突然一丝犹豫，手一软，脚一松，鸡跑了，带着一路鲜血。

老康哥提刀去追，那鸡在竹林窝里东窜西钻，哪里撵得上。

他忙去抓了把苞谷，撒向那鸡，嘴里还不住咯咯咯地唤。哪知那畜生全不像平日见了苞谷那么有兴趣，无动于衷，对地上的苞谷正眼也不看。

老康哥束手无策了，抬头见到我，忙喊我去帮他逮鸡。我立刻伸开两臂，阿西阿西赶了好久，无奈那东西只受点轻伤，跑跳飞蹿，好不麻利。我累了一身汗，也逮它不住。

老康哥抽了两根竹竿，把一根交给我说："打，打死了，杀。"

我们俩各操一根长竹竿，撵了几道田坎，终于把那鸡打昏。

老康哥提起来重重地掼在地上，用刀使劲朝它颈子上砍去，那鸡身首异地，一命呜呼。但它那双腿还蹬跶了好久。

经过这场追杀公鸡的战斗，我与老康哥的关系更为密切了，有次路过他家门，他硬把一个烧好的苞谷塞给我："拿着，悄悄地吃……"

想到这里，不觉到了老康哥的草屋门外，队长正和几个人讲话。见我去了，对我说："老林，你看看要好多木料，保管室那架旧拌桶够不够，不够就把那架烂风车拆了添补。抓紧点时间，我已安排人打凼凼去了，早些抬出门埋了，这个天气搁不得。"说着，他指着一个小伙子对我说："让松松给你当个下手，你们抓紧点。"

队长把活路给我安排好后，又去和那几个人讲话去了。那几个人都是队委会的，讲话声音很低，大概是商量如何处理老康哥的遗产之类。

我和松松一起去保管室抬来了旧拌桶，叫他拆钉子。我把木工家什找出来，这些东西长期未用已生锈，该磨的磨，该锉的锉，收拾停当。看那拌桶见方三尺余，四周的木板多已朽烂。

我想老康哥再矮也怕不止三尺，那板子长度不够。之前去抬拌桶时，看见保管室有不少长木板，搬几块来，岂不是便当。

我对队长说："这拌桶料太短，只能做两头，保管室有几块长板子，队长你看可不可以……"

队长忙说："将就点算了，那个木料还有别的用场，动不得。"

可能是我打断了他们的讲话，另一个干部不耐烦地说："队长叫你咹个做，你就咹个做，装进去跑不脱就行了。"

拆了拌桶，我交把尺子给松松，叫他去量一量老康哥有多长。松松说他害怕，不去。我提劲说，你这么大个男子汉还怕死人。可心里头却也畏畏缩缩地，硬着头皮走进老康哥的屋。刚进门，一股冷风迎面吹来，浑身起层鸡皮疙瘩。走到床前，只见他那偏在枕头上的脸，瘦得像个骷髅，那欲闭未闭的眼，好像死死地在盯着我，我忙闪到一边，避开他的目光，而手中拿的那把尺子不由一扬，心想你要有什么动作，我就用它对付你。好在他很老实，任我量了尺寸。但我刚出门，就忘了是多少，再去量，却没了勇气。

急中生智，我喊道："松松，快来帮忙拉下尺子，我一个人还量不准。"松松只得随我进屋,这下我胆子大多了。慌忙量完,出门时,松松跟我都抢着走前面,生拍老康哥爬起来拉住我们,两人挤在门上,不由得都笑了。

我量量木板,最长处不过三尺五,要差好几寸。没法,只有委屈老康哥了。

半下午,总算把匣子钉好,这时围过来一圈看热闹的人,对我的作品评头论足,有的说太宽,有的说太短,有的说太矮。

还是队长过来说道:"反正死人装在里面跑不了。"算是最权威的总结。

在队长的指挥下,火匣子抬进屋,大家七手八脚把老康哥装进去。起初,他似乎嫌匣子太短,闹别扭,后来让他颈子缩点,腿脚弯点,总算是让他委委屈屈地睡了进去。

最后,钉盖板,我突然想起"盖棺定论"这个既古老陈旧又青春常驻的成语。对老康哥,应该有个什么定论呢?来不及细想,队长催我快钉上盖板。

我选了些长钉子,一一钉下去。这时,人们都去找杠子绳子去了,屋里只剩我一个,也只剩下靠脚那头的几颗钉子了,但却出了怪事,我钉一颗,弯腰去拿第二颗时,头颗就冒了出来,第二颗钉下去,取第三颗时,第二颗又冒出来。

我悚然了,心里念叨道:"老康哥,你我生前无冤无仇,你死了我又来给你钉火板板,料是短了点,但这不是我的过错,何必来吓我?"接连钉了七八颗钉子都冒起来了,低头一看,盖板与墙板之间有一寸宽的缝，再仔细一看，原来是老康哥的大皮鞋在那里顶着。怪不得老康哥不愿意，他脚指头都伸不展，能不作怪吗？

我忙把钉子撬开，看采取点什么办法。老康哥的大皮鞋我只远远看过，从来没有像今天这样近地仔细观察过。那皮鞋又大又长，鞋面已补得面目全非，但鞋头仍方方正正，好像包了铁皮，极硬无比；鞋底倒很完好，黑胶皮，足有一两寸厚，两只鞋在里面摆成"八"字，再无从松动，压不弯，折不断，急得我满头大汗。这时，几个人手拿绳索抬杠进来，看我还未钉好，有的说干脆把鞋给他脱了，我说不好，那是他兄弟送给他的，是一个纪念。松松脑子灵，他建议在盖板上打两个洞，让他脚尖伸在外头就是了。

这本来是个荒唐的玩笑，可几个抬匠还偏说最好，也是我一时无了主张，别无选择，忙用锯子在盖板上锯了几道口子，再用凿子一打，两个洞就出来了，然后对准皮鞋尖放下去，再钉钉子。

果然一切顺利，钉得实实在在，只是两只大皮鞋的鞋头露在外面，像小牛长出的两只角。

火匣子钉好后，四个抬匠挽好绳子，喊一声："起！"轻飘飘抬了起来。这时，我心里真有些难过，一个人就这么去了，不免"他年葬侬知是谁"地悲哀一阵。

忽然，我发现抬匠们看着老康哥的大皮鞋尖相视而笑，我的脸唰地一下红了，顺手在墙上取下顶破草帽，盖住那双露在外面的皮鞋尖。可不知为什么火匣子刚抬出门，那破草帽就不知去向了，门外看热闹的大人娃娃一大片，有眼尖的早就看到匣子上那对"角"，于是指指点点，叽叽喳喳，嘻嘻哈哈，有的说是给老康哥留的两个通气孔，有的说是老康哥的两只死也不闭的眼睛，鼓着吓人……

当然，最后目光都集中到我身上，我只有低下头，假装收拾工具。原来人们脸上多少带些严肃悲戚的神色，被一阵戏谑的笑声扫除得干干净净。

我趁老康哥那露着皮鞋尖的匣子被抬得稍远些，转身一溜烟走了。

不过此后很久，那长了双角的火板板的故事，还在流传。

从那以后，我决心要拜一个做"方子"的高手为师，做两副像样的棺木以挽回我的羞耻。

果然，后来在劳改队遇到一个老木匠师傅，他把做各种棺材的尺寸、角度以及有关技术诀窍都毫无保留地教给了我。

我想要是现在，我一定能给老康哥做一副不仅他自己睡着舒服，就是旁人看着也都满意的棺材。

不过现在我早就改行了，何况，现在讲究火葬，做棺材那门手艺没什么用场了。

去年寒假，我专程去那个生产队看老朋友，在路过埋老康哥的坟地时，坟已经没有了，松松告诉我，前几年包产时坟被平了。

　　我仔细看了看，果然全平了，只是在埋他的那片地里长出来的麦子要比周围的绿得多。

刊于《朔方》1988 年第 7 期

●没有结尾的尾声

听说雷天生成了万元户，我不由得一喜。

听说雷天生靠搞迷信活动当了万元户，我不由得又一惊。

因为他是我的高中同学。想当年，我们同在县中读书，同桌了三年，情深意笃，亲如手足。

他还是我们的团小组长，对他父亲雷阴阳搞封建迷信活动深恶痛绝。没想到，现在他自己倒当起阴阳先生来了。

我这个当年的团支书，又是他的入团介绍人，岂能眼睁睁看着他在那条邪路上滑下去？

我借一个出差的机会，绕道去杨柳沟，看看这位老同学，一定说服他放弃搞迷信活动，正正当当地做人。

二十多年后重游杨柳沟，这里果然一切大变。那些低矮的破烂草房，多数已换成瓦屋。

一条新修的马路沿着山边划了个半圆，把这个有几十户人家的小村圈在其中。

顺沟而下，行行柳树林立着，如丝的柳枝织成一道道绿色的帘子，若隐若现地遮掩着绿色的庄稼，以及和这块土地上的许多秘密和变化。

记得那天走进沟底，见几个孩子在沟里摸鱼，我问道：

"喂，小朋友，雷天生家在哪儿？"

"九九，有人找你爸爸。"孩子们转过脸对一个专心致志在石缝中摸鱼的同伴喊道。

九九，看起来十二三岁，眉清目秀，白白生生，正撅着屁股，偏着脑袋，双臂围着一块大石头，咬牙咧嘴地掏着。

等他直起腰来，一个巴掌大的鲫鱼握在手中，他欢喜得把鱼举过头顶。那鱼尾巴乱摆着，甩他一脸泥水。

孩子们都为他的收获欢呼着。有个孩子指着我说：

"九九，这个人找你爸爸。"

九九仰着头问我：

"你从哪里来，找我爸爸做啥子？"

"我是你爸爸的老同学，从成都来。"

九九听了，笑着喊道：

"你是林叔叔。我爸爸早就说过，你要来我家耍。"说着，他洗了手脚，顺手扯根草，把鱼串上，闪着一双机灵的大眼睛，笑眯眯地爬上坎，走到我面前拉着我的手说：

"走，林叔叔，跟我回家去。"

"你的名字叫九九？"我跟在他身后，问他。

"九九是我的小名，大名叫雷地久，天长地久的地久。"

"名字取得好。读几年级了？"

"初中二年级。"

"家里有哪些人？"

"有爷爷，奶奶在很早以前就仙逝了。"

这丁点大的孩子，竟说出这样"古色古香"的话，我都怀疑自己没有听清楚。他似乎觉察到我的怀疑，补充说：

"仙逝，就是死的意思。"

"啊，看不出来，你还会咬文嚼字呢。"我笑了。

"嘿嘿，这都是爷爷、爸爸教的。"他也笑了。接着他又说：

"家里有爸爸、妈妈、大哥、大嫂，二姐三姐四姐都出嫁了，五姐在省城读大学，六姐七姐和幺姐都在读书。我是老九，爸爸说，我是男娃儿，九属阳，就叫九九。"他还说，我家人丁兴旺，全靠屋基好，踩在龙脉上了。

"那你相不相信？"我忍不住打断他的话，向他提问。心里想着的却是对雷天生的质问，看你把你儿子教成什么样了？

九九还感到我提的问题有些奇怪，停下脚步，转身望望我说：

"你说不信，那么多人都信，都来找我爸爸，有干部，还有我们学校的老师……"

上个软脚坡，脚下踩了个圆石子，脚一滑，差点跌倒。九九忙过来拉住我。孩子的手热乎乎的，在上坎坎时，还顺势拉我一把，怪有劲的。

汪汪汪，前面传来狗叫。

"花儿，眼瞎了吗？"九九向狗骂去，立即，从竹林里蹿出只大花狗，摇着尾巴跟九九亲热，又把鼻子拱到我身上到处闻，然后也摇起尾巴。

上了几步石梯，又是一重天地。高高的竹林像绿色的帷幔挂在路两旁，再走十余步，迎面是座高大的门楼，上挂"耕读第"横匾，书法虽说不上苍劲有力，倒也是别致脱俗。

进了大门，是扫得一尘不染的石灰院坝，院坝四周种满了花草，红红绿绿，长得正欢。正面，三间一楼一底带走廊的瓦房。两边厢房是平房，也各是三间，不过略小些。一律的红漆门窗，窗上安的雕花玻璃，既幽静又气派。这哪里像是农民之家，简直是别墅。

因为刚进门时九九就喊："爸爸，林叔叔来了。"各屋里纷纷走出几个男女，九九对一个白胖的中年女人说：

"爸爸到哪儿去了？妈妈，这是林叔叔，爸爸的同学。"

那个"妈妈"自然是郑素芳了。她说：

"刚被乌龙乡的人接走，要明天才回来。"

"是开小车来接的。"一个抱孩子的年轻女子抢着说。

郑素芳笑吟吟地迎了上来："林老师，快请屋里坐。"

我客客气气喊了声大嫂，随她进了堂屋。

走进堂屋，又是一番景象。堂上正中挂着李老君的画像，供桌上摆着香炉蜡台和时鲜果品，两面墙上既挂有钟馗捉鬼图和山水画，也挂有美女日历和胖娃娃抱鲤鱼之类的年画。靠墙，一边是两张太师椅，一边是两张沙发。整个布局是中西合璧，土洋结合，古朴中散发着现代气息。这一定是出自雷天生的精巧构思。

我在沙发上坐下，雷大嫂端过茶来说：

"真是稀客，天生早就说林老师要来耍，我们天天盼，哪晓得今天来了，他又叫人家请走了。哎，本来不去，可人家是干部，还开起车来，说是给他老母亲做周年的道场。怕要明天才得回来，你就安心在我们家耍，等他回来。现在，生活好了，粗茶淡饭有吃的，不过，比不上你们城市人……"

看她嘴皮上，果然有拇指大一块白肉，随着讲话，一上一下地跳动着。想来是这几年有了钱，豁口补上了，说话方便了，也就说个没完：

"林老师，天生说你在省城教大学，满肚皮学问。喂，老大，你愣在门口做啥，还不过来见过林老师，给他敬烟。"

老大向我点点头同时把右手手板心向我扬扬，表示招呼。

看他，大拖头，皮夹克，牛仔裤，港式皮鞋，典型的现代城市青年的打扮。

他摸出精装过滤嘴，很恭敬地递过一支烟：

"林老师，请。"

我不自觉地双手抱拳说：

"谢谢，我不会。"

"林老师，真习得好，烟也不烧，挣净钱。"雷大嫂见缝插针，不放过任何可以说话的机会。

老大见我不抽，把自己嘴上的烟屁股取过丢了，安上这一支，"叭"的一声按燃打火机，接着烧。

"九九，九九……"一个低沉苍老的声音从隔壁屋传过来。

九九应了声，跑过去，一会儿就跑过来说：

"林叔叔，爷爷说请你进去，他要看看你。"

"爷爷"，当然是雷阴阳了，一个高个子老头。

记得当年我来找雷天生耍时，最听不得他那满口的陈词滥调，对他，我思想上保持着高度警惕。

我随九九进了屋。屋里太暗，只有一个瓦数很小的灯泡放出些昏黄色的光。

屋里乱七八糟的东西又堆得多，全靠九九引导，才没被碰着头，绊着脚。

走拢雷阴阳的床边，只见枕头上有一张被稀疏白发遮掩着的干瘦的脸。

见我走近，那深藏在眼窝里的眼珠动了动，还闪出了些许光亮。我向他问候，该怎么称呼呢？"雷阴阳"，不好；"雷先生"，不妥；"老大爷"，不对。最后，含含糊糊喊了声当地对老年人的通行称呼："雷大爷。"

雷阴阳明显地笑了笑，还想坐起来，我按住了他，他却顺手抓住我的手不放。

那手，冰冷，凉得有点瘆人，但我不好马上抽出来。

他向我点点头，指着床边的竹椅说：

"林老师，请坐。我早就给你算过八字，四十岁以前有灾星，防小人，四十岁以后转运。你六月间生，有福之人六月生；你生在申时，申属火，将来一定旺向……"

没想到这老头记性真好，二十多年前我来他家，故意考他请他算了个八字，不想如今他都还记得。

"去年，我还到处走，今年上半年得了风湿，腿不灵便了，只有睡在床上等死。我今年八十一，九九归一，是个定数。好在，天生这几年还争气，孙儿地久也有点小聪明。如今天下太平，国泰民安，我们家儿孙满堂，事事如意，就是死了，也闭眼了。"他有气无力地讲着，眉宇间却流露出许多欣慰和满足。

他当然满足了，儿子到底顺着他的路走下去了，孙子看来也会走下去。我把一种鄙夷的情绪压在心头，敷衍地说：

"你老人家健旺着哩，好日子还在后头。"

说着，我借故给他拉拉被子，把被他握紧的手抽了出来。

"林老师，谢谢你。我自己明白，气数，因果，天意……"说着，他有板有眼抑扬顿挫地吟咏道："夫物芸芸，各复归其根。归根曰静，是谓复命。复……"他上气不接下气，念得很吃力，九九在一旁忙接着念道：

"复命曰常，知常曰明。不知常，妄作，凶……"九九还要念下去，爷爷摆摆手打断了他：

"还是娃娃家记性好，将来，比他老汉还更有发变……"

我本想说，读这些书对孩子没有用，但觉得对这种思想老朽的人讲就是对牛弹琴，也就不得已地附和着夸奖九九几句。

大概这老头平日很少有人跟他讲话，今天抓住我不放，喋喋不休，没完没了：

"……总算，遇到好时候了，我们家才有今天，不过，天生那娃娃不知足，要去办厂。"他指指我身后满屋堆放的东西，接着说，"花好多钱，买了这些破铜烂铁……"

九九马上说：

"爷爷，爸爸早就把这些机器卖了，过两天就有汽车来拉走。"

突然，电灯熄了，屋里一片漆黑。

"我去接'停电宝'。"九九说着往外走，我抓住时机，说声"雷大爷你好好休息"，转身就跟着九九的脚后跟出来了。

堂屋里，九九打着手电，老大在接"停电宝"。灯亮了，但光线很暗。

"你们这里常停电？"我问。

老大很气愤地回答道：

"天天停，天天都是这些时候停。龟儿子些，街上那些卖

'停电宝'的个体户，给供电所的人塞了包袱，每天晚上电视看得正上劲的时候，把闸拉了，憋到你去买。龟儿子些，恨到吃人……"

正在桌子上摆碗筷的雷大嫂说：

"靠山吃山，靠水吃水，哪里都一样。"

"我不相信政府没有办法，就让那些人歪下去。"老大大声武气说。

雷大嫂见儿子在客人面前顶撞自己，把脸一抹，说：

"你吼啥子，那么多人都见得，你见不得。不是也给你买得有哇，又不影响你看电视。"

雷天生不在，我很想走，但又觉得非跟他谈谈不可。

我一定要问问他，你什么事情不可以做，偏要去当阴阳先生，装神弄鬼去骗钱？你那么多年的书读到哪里去了？还有，你要把你儿子调教成什么人？还有，你过去的理想、信念、抱负……

我要等他回来，当面问他。

吃了夜饭，我被安排在雷天生书房里歇息，九九在前带路，上了楼，打开一扇门。

举目一看，迎面墙上有个黑白分明的太极图，下面是三个颜体大字"静虚居"。两边，挂有道袍、道冠、拂麈、松木宝剑等物。两面墙上，挂的是神像、字画，其中有幅用隶书写的《恍惚吟》，很是醒目，其诗曰：

恍惚阴阳初变化，氤氲天地乍回旋。

中间些子好光景，安得功夫入语言。

九九高举手电对我说：

"爸爸说，这些字画很值钱，平时外人不准进来，要交情好的，当干部的，才准进来。妈妈说，你是爸爸的老同学，还是大学老师，要特别优待。"

小小年纪，也学得说话这般势利，我感到很不好过。他又说：

"林叔叔，你看爸爸的书柜，有些书好看得很。"

九九打开书柜，里面果然装得满满的。上面一格是线装书，什么《道德经》《太平经》《清静经》，等等，看不甚懂；中格是新版书，抽出一本《周易新说》，看不起劲。

再抽一本《老子新译》，无多大兴趣。又抽一本《论宗教》，枯燥的理论，看不下去。

下面两大格，都是新出的杂志报纸，随手拿一本翻翻，立即吸引了我。上面登着许多海内外轶闻趣事。其中有则写道，十六世纪有个外国人居然预见到几百年后的第二次世界大战，连希特勒、佛朗哥的名字都一字不差地预见到了。他还预见公元 1999 年将有世界大灾难，西方不少人为此十分恐慌。另一则写一个名叫奥斯托杰的"通灵人"，在一次招灵降神会上，使法术把一张重十多公斤的桌子飘浮起来，在人们头上两米的地方停了很久。

我翻了许多本杂志，每本上面都有这类人和自然之间神秘的奇闻轶事的记载，其中有的我以前看过，而更多的是闻所未闻的。我还注意到，在杂志目录上凡打有红色记号的，都是有关这类故事的材料。

九九比我看得更起劲。小小的油灯放在桌子中间，我们俩头碰头地看着。

"真怪，"九九自言自语说，"气功师可以呼风唤雨。林叔叔，你看。"

我接过一本厚厚的杂志，上面说北京有个气功师，晚上教学生气功，突然雷电交加，

大雨降临。气功师叫学生放心回家，不会淋雨。

学生走后，他对着天空发功，雨制止了，直到一个多小时后，预计学生都已回到家中，气功师收了功，倾盆大雨才哗哗哗地落下来。

"林叔叔，你信不信？"九九偏着头问。

我一时不知怎样回答。

"林叔叔，你是教大学的老师，你一定知道其中的奥秘，给我讲讲好吗？"

面对这个初中生的提问，我"嗯"了两声，好像正要回答。其实，脑袋里是一盆糨糊。

沉默，可怜的沉默。我感到背脊上有两滴冷汗正在会合，

顺着背中间那道沟向下流。

突然，电灯亮了。

九九欢呼了一声说：

"十一点钟了。"

我一看表，果然不差。怪不得"停电宝"的广告铺得哪里都是，这样搞销路哪能不好？

来了电，九九又钻进另一本杂志里去了。

我也换了本杂志，上面记叙了不少有趣的"超感官知觉"的故事。其中，读到一种PK现象，旁边，有个红圆珠笔批的注脚："PK即Psychokinesis，即意念致动。"谁写的呢？我问九九。他瞟了一眼说：

"是我爸爸写的，他的英文好得很。他还买了很大一本英文字典，我不懂的，都来问他。"

同学中，雷天生的英文最好，没想到，几十年过去了，他竟然没有忘掉，而且现在还有心劲儿再学。

"九九，这么晚了，你还不睡？"门外，雷大嫂发话了。

九九向门口做了个鬼脸，对我说：

"妈妈样样都好，就是心太细。"

我与九九脚对脚睡下了，但他越睡越新鲜，不断地向我提问题：

"林叔叔，什么叫通灵术？"

"林叔叔，未果先知是天生的还是练就的？"

"林叔叔，人死了要变成鬼，你信不信？"

……

要是平时，对这些问题我会很干脆地回答说："不信。"然后，对他讲科学道理：超自然的力量是不存在的，神、鬼，都是人制造的，是封建迷信，骗人的把戏，等等。但今天，我却不敢贸然这样回答。

九九见我不回答，就说：

"爸爸正在写一本书……"

我像触了电，翻身坐起来问：

"写书，写的是什么书？"

"书名叫《论迷信与科学》。"

"啊，——"我长长出了口气，软软地躺下了。

我感到我处境不妙。雷天生回来，向我提出些艰深晦涩玄妙莫测的某种理论，再向我询问超感官知觉和意念致动，然后拿出他写的《论迷信与科学》向我征求意见。我将怎样回答？如果我说服不了他，反倒被他说服，那将是多么尴尬的场面……

想着这些，难以入睡。而这时，在夜深人静万籁俱寂中，远远传来我多年未曾听到过的道场锣鼓声：

咚——咚咚，呛——

咚——咚咚，呛——

单调，幽深，哀伤，凄凉，勾魂摄魄。

我轻轻蹬了蹬九九。

"林叔叔，啥子事？"九九还没睡着。

"你听，"我说，"这是哪里在做道场？"

"山那边吴老婆婆三周年。"

"请的哪个阴阳？"

"我爸爸。"九九郑重其事地回答。

"什么？"我不由又翻身坐起来，"你爸爸不是被几十里外乌龙乡的人请去了吗？"

九九也坐了起来，向我解释说：

"我爸爸手艺高明，请的人太多，实在忙不过来，就录了做道场的磁带，哪家要做，来租就是了。"

我不由"啊"了一声，又软软地躺下了。但我再也无法入睡。

第二天一早起来，我借故说忘了一件很要紧的事，匆匆向正在做早饭的雷大嫂告辞，离开了这座漂亮的大院。这次未能与雷天生见面的造访，竟这样草草结束了。

清晨，雾特别大，当我刚下完那几步石梯，再回头看那座气派的门楼时，已是一片迷蒙了。

我正回身要走，只听那门"嘎吱"响了一声，飞似的蹿出九九来。

这孩子，本来在打呼噜，怎么就醒了。他跑到我跟前，好奇地问道：

"林叔叔，你怎么就走了？"

"我想起一件要紧事，马上要赶回去。"我只有扯谎了。

"你还没有见到我爸爸咧。"

"下次再来。"

"一定？"

"一定。"我不知道是不是在扯谎。

他和他的"花儿"，一直把我送上马路。

1988 年 12 月

开炮，只是为了送行

1949 年 9 月的一天，停泊在长江上游的两艘国民党军舰宣布起义，全速向下游急驶。驻扎在江边小城万县的国民党守军某部，奉命堵击。他们利用坚固的江边工事，布置了密集的炮火，箭上弦，刀出鞘，只待军舰一到，立即开火，要把它们击沉在江中。但是，当起义军舰开过来时，岸边阵地上的守军却未发一枪一弹，眼睁睁看着两艘兵舰顺风顺水开下去投奔共产党。

半个多世纪过去了，历史的机密虽被解开，但细节尚待充实。我这里冒昧一试。

1

设在万县的国民党某部司令部办公室里，司令沈容图紧蹙双眉，凝视着墙上那幅军用地图。

他四十六七岁的年纪，瘦削高挑的身材，大概因为睡眠不足和忧虑，眼圈四周灰暗晦涩，但目光却还炯炯有神。面对地图，他用鼻音哼了一声，自言自语道："难道真的大势已去？不放一枪一炮，就拱手相让？我绝不做这样的窝囊废！就凭这天险，也要跟他们再较量一下。"

他把手紧握成拳举向空中使劲地打下去，但只划了个小半圆就收了回来。可是，老头子几百万军队都未能抵挡住，何况我手下这些残兵败将，"唉！"随着一声叹息，他跌坐进皮圈椅里。

这时，忽然有轻快悠扬的钢琴声从窗外传来，沈司令移步窗前。他本是为了听琴，但眼前的景象却把他的注意力转移了。

从窗口放眼望去，山下是纵横交错的大街小巷，山脚是滚滚长江；对岸，是一个临时机场，跑道上停有两架飞机，从望远镜里，机身上的国民党标志清晰可见。他的目光不由自主地集中在那两架飞机上，"难道只有这一条路吗？"

此时，琴声旋律加快，轻盈流畅，悦耳动听。沈司令紧锁的眉头渐渐放松，脸上露出一丝不易察觉的微笑。

突然，琴声戛然而止，他感到奇怪，探头出窗外，透过树丛，看到右边小楼窗口闪过一顶圆形军帽。沈司令不由怒气冲天，骂道："混账东西，这是什么时候！"说罢下楼，直奔右楼侄女沈静的卧室。

沈静父母早逝，叔父沈容图将她抚养成人。她原在南京一所大学学习音乐。国民党败退，随叔父到了万县。沈容图妻子病逝，又无子女留下，故对沈静分外疼爱。不知什么时候，沈静与司令副官顾平相爱了。沈容图知道后很不高兴。

本来，顾平之父与沈容图是黄埔同学，几年前牺牲于抗日战场。念同窗之谊，沈容图对顾平十分照顾，但他觉得顾平虽是将门之子，却毫无父辈的英武，故对他与侄女的恋爱不甚赞同。

可是沈静不顾叔父的反对，一心一意地爱着顾平。沈容图对此也无可奈何。

沈容图的司令部原本在武汉，不到半年时间几次"战略转移"到了万县，随他而来的还有海军方面交他代管的几艘军舰。

军舰上装满了武器弹药和金银，那是沈容图的最后一点本钱。

为了防止意外，他又向每艘军舰上派一个警卫队，名为加强护卫，实是加强控制。他对海军特别不放心，那里面混进不少共产党员，稍不留神，就把军舰开走了。大同号兵舰吨位大火力强，情况又更复杂。沈容图就把顾平派去当警卫队长，一则，让他离开司令部，减少与沈静的接触，也许他们会慢慢冷下来；再则，顾平性格温厚，虽不堪大任，但不会反叛，可以放心。

行前，沈司令明确规定他无要紧事不准离舰，可这个顾平，竟然不听命令，丢下军舰来与沈静相会，这怎么不让他火冒三丈呢？

话说这对年轻恋人多日不见，又处于风雨飘摇的时代，都不免为前途焦虑。在彼此倾诉一番相思之苦后，沈静说："听你口气，你不愿跟叔叔一起去台湾？"

顾平说："我并不认为那是一条最好的出路。"

"可是我绝不让你去打什么游击。"

"静，我虽然不懂政治，可也不至于糊涂到去干那种蠢事。"

"那，那到底该怎么办？"

"我只要有你的爱，永远与你在一起过平凡的日子。"……

门把手哗啦一响，沈容图满面怒容跨进屋来。这对年轻人慌忙从沙发上站起，沈静红着脸迎上去叫声"叔叔"。顾平扶正军帽，做个立正姿势，颤巍巍叫了声"司令"。

沈容图把目光逼视着顾平，说："这是什么时候，你竟然擅离职守跑到这里来。"

顾平说："报告司令，因为警卫队给养的事，来向军需处办交涉……"

沈容图打断他说："找什么借口？你忘了我是怎么交代你的

吗？叫你寸步不离军舰，有事派人回来报告，你……"

沈静端过一杯茶捧给沈容图，说："叔叔请喝茶。是我带信叫他来的。"

沈容图接过茶，看见沈静一脸委屈，气也消了一半，坐下问顾平道："近几日舰上有什么异常情况？"

顾平回道："报告司令，没有发现什么。"

"可是我听说舰长刘杰仁这几天多次上岸，到一家银号去找一位姓郑的老板，有这事吗？"

顾平心思根本不在这上面，对司令的问话摸不着头脑，只有含含糊糊地回答道："这，不大清楚，大概去买金银首饰，也许办其他私事……"

沈容图听罢，刚消去的怒气重新升上来，把茶杯重重地朝茶几上一蹾，说道："大概、也许、不清楚，像你这样，脑袋搬了家还不知道是怎么回事。唉，你真辜负了我对你的期望。"

他本想再重重地训他几句，转眼看见侄女那哀怜的目光，忍住了，长长叹了口气说："愣着干什么，还不快快回舰上去，注意有什么情况立即报告。"

"是。"顾平回答着，举手敬了礼，然后与沈静交换了一下无奈的目光，退了出去。

顾平走后，沈容图对侄女说："唉，我真不明白，你偏偏看上他。你看他文绉绉的，黏巴巴的，有点军人样子吗？我真不该把那么重要的任务交给他。"

沈静趁势说："那就把他调回司令部吧。"

沈容图忙说："那不行，你知道，舰上有许多贵重物资，不交给可靠的人不行。顾平虽然柔弱，倒也忠厚。眼下人心叵测，派他进驻军舰，我放心。"

沈静不解地问道："叔叔，你不是做好乘飞机去台湾的准备了吗？"

沈容图说："还要看局势的发展再说，去台湾，只是不得已的最后办法。"

这时，有人敲门，沈静打开门，站在门口的是稽查处处长吴超。他高高个头，瘦瘦的脸，一双眼睛滴溜转，显得十分精明。年纪三十岁出头，还是单身，近来趁顾平调离司令部，乘虚紧追沈静，但沈静对他毫无兴趣。

沈容图虽然赏识他的才干，却对他那花花公子的德行很反感，故而对他追求侄女的事很冷淡，但考虑到他是自己的得力部下，面子上也不好给他太难堪。

站在门口的吴超谦恭亲切地说："沈小姐，您好……"他本意是想说"今天特地登门拜访"，但见沈司令在，就说："有要事请示司令。"

沈容图听了，招呼他进屋。他立正挺胸敬了个标准的军礼，说："报告司令，有紧要机密向您报告。"

沈容图说："你讲。"

吴超上前半步，倾身低语道："共产党黑水河游击队副政委和一名中队长被我们抓住了。"

"干得好，人呢？"

"关押在稽查处。"

"要细细审问，通过这根线，把防区内共党地下组织彻底清查出来。"

"是。"

"那你抓紧去办，把进展情况随时报告我。"

"是。"

吴超应声敬礼退出。走出门口时，转身看看沈静，她正在专心欣赏窗台上的那盆牡丹。

2

吴超高坐在稽查处的审讯室里，对着照片仔细打量下面站着的共产党黑水河游击队副政委于一民和中队长陶森。

能逮到这两个人，他得意非常。他放下照片，走向二人，打开烟盒很客气地让烟，但二人不理。

吴超毫不在意地自个儿把烟点上，而后慢声说道："久闻二位大名，如雷贯耳，今日幸会，果不虚传。"

边说，边围着两人转了一圈，微笑着望着自己的猎物说："眼下，不知二位有何打算？"

于一民带着血的脸上，冷冷的，没有任何表情。

陶森哼了一声，说道："大丈夫头可断血可流，志不可移。既为阶下囚，要杀要剐，由你们便。"

吴超哈哈一笑说："先生何出此言？太言重了。我的意思，只要二位给我一点小小的配合，我就马上释放你们。"

见二人昂首不语，吴超缓语开导说："二位如今既然到了这里，也就不必太固执，俗话说，大丈夫能屈能伸，识时务者为俊杰嘛。"

二人目视天花板，拒不开口。

要是平日，吴超也许还有耐心等待这两个"共党"分子的"醒悟"，可现在是什么时候，他要速战速决。他快步走向于一民，严声道："你是政委，你先说。"

于一民瞟了吴超一眼，从容不迫地说："好，我说，你听着。我想你比我更清楚，我们人民解放军已解放了大半个中国，说句不中听的话，你们已是瓮中之鳖。我倒希望你勿忘'识时务者为俊杰'的古训。"

吴超听罢，火气上冒，却冷笑一声说："好，有种。既然如此，就别怪我吴某人不讲情面。来人，拣过瘾的给这位先生尝尝。"

话音刚落，蹿出两个彪形大汉，把于一民架到老虎凳上。

吴超走过来说："于先生，我吴某人做事，先礼后兵，你还有最后的机会，你看……"于一民闭上眼睛，把头掉到一边。吴超朝手下使了个眼色，只见老虎凳上一块块加砖，直至于一民大叫一声，昏死过去。

"把他拖进死牢，醒过来再问，"吴超吼罢，又转脸对陶森说："看见了吧？现在轮到你了，放聪明些。"

陶森对着吴超大骂不止。他也被绑上老虎凳。吴超说："给你一个最后机会，现在你的政委又不在，你大胆讲，我会替你保密。"陶森骂得更凶，直到在老虎凳上被折腾得昏死过去。

陶森被拖出去了，又换进来了于一民，但这次不再是老虎凳，而是更厉害的"披麻戴孝"——用布满钢针的木棒狠打受刑的人，使之鲜血淋漓，然后缠上纱布，待血凝结后，一边审问，一边一条一条地撕。

吴超虽年不满三十岁，却已经历十余年的特务生涯，曾多次在军统的训练班受训，深受上司器重，故而年纪轻轻就被委以稽查处处长的重任。

遗憾的是正当他个人事业如日中天之时，国民党却节节败退日趋没落，他不愿意看到国民党就此完蛋。

他相信，只要如总裁所言精诚团结坚持到底，说不定会另有一番局面，到那时他吴超就是社稷之功臣、党国之要员。家贫显孝子，国难识忠臣，乱世出英雄。他相信这个。

吴超在特务训练班深造时，对生理学、心理学有特别研究，他根据人的生理、心理承受力有一定极限的学说，想出许多刑讯逼供的方法，且屡试不爽。

对于一民和陶森，他采用日夜反复提审，不断变换刑讯手段的方式，果然撬开了这二人其中一个人的嘴。

根据得到的口供，吴超急急派出特务，开上摩托，飞奔到一家叫"万宝银号"的店铺门口停下，特务们提枪冲了进去，但里面空无一人。

原来，这万宝银号是中共地下党的联络点。川东地下党支部书记郑春是这个商店的老板。当他得知与他有直接联系的黑水河游击队遭到袭击，两个负责干部被捕，他立即布置了转移，所以特务们来了扑了空。

但郑春并未离开万县。此时，他正在万宝银号斜对面的一幢楼房窗口里观察着所发生的这一切。

他对身边的年轻人说："小王，你看着点。"

说罢下楼，走进一间密室。室内，几个人正在推牌九，见他进来，都用询问的目光看着他。郑春说："同志们，我们担心的事果然发生了，那就按我们刚才研究决定的那样，通知有关人员转移，特别要保护好与我们有往来的人。现在分头行动。"

几个人点头会意，陆续离开。郑春喊住一个叫老赵的同志，问道："昨天叫你派人去告诉大同舰的刘舰长，叫他这几天千万不要去万宝银号，你通知到了没有？"

老赵说："直到昨晚十二点，刘舰长都未回舰，我正派人四处找他。"

郑春焦急地说："要尽快找着他，叫他不要去万宝银号。"

恰在此时，小王急急忙忙来报告说："刘舰长，他在……"

郑春问："他在哪儿？"

"正在万宝银号门口。"

"糟糕，快……"

3

万宝银号门口，从黄包车上下来一个年约二十八九岁的年轻人。他西装革履，仪态潇洒，夹着一个黑色皮包，径直朝万宝银号大门走去。他就是大同舰舰长刘杰仁。

国民党节节败退，危在旦夕，为自身前途计，他趁军舰在万县停泊之际，做点生意，赚的钱就购买金银收藏起来。

在与万宝银号经理郑春的交往中，刘杰仁觉得他守信用，讲义气，二人聊得很是投机；而以万宝银号经理这个身份为掩护的中共地下党负责人郑春，则借机对刘杰仁纵谈天下大势，历史进退。

刘杰仁是个聪明人，对郑春所言尽能意会。郑春准备在下次相见时把话挑明，争取使他下最后的决心。而正在此时，万宝银号就暴露了。郑春一面组织转移，一面派人去通知刘杰仁，但是却未能找到。这时，不知情的刘杰仁却在万宝银号门口下了车，马上就要踏入虎口了。

对面高楼窗口后的郑春和小王，心急火燎，小王忍不住把头伸出窗外，张口想喊，被郑春一把抓了回来。小王自知鲁莽，也用手堵住自己的嘴。郑春只狠狠瞪了他一眼，没有过多责备。转眼再看刘杰仁，他的背影已消失在万宝银号的大门里。

刘杰仁刚跨进大门，一个特务就过来问道："请问你找谁？"

刘杰仁说："找郑老板。"

另一个特务从里屋出来说："郑老板在后堂恭候，请。"

刘杰仁一进内堂，就被埋伏在左右的特务扭过双臂，夺下皮包，并从他身上搜出手枪。

这个特务说："果真是共产党，还有硬火哩！"

特务小头目接过枪一看说："嗯，真资格的德国造。"

接着问道："你是干什么的？"

刘杰仁回道："做生意的。"

"做生意还带这玩意儿？"

"这年头，防身还真少不了它。"

特务小头目笑了笑，说："喂，老弟，还是知趣点，照实说吧！"

刘杰仁沉思片刻后说："好，我实说。敝人是大同舰舰长刘杰仁，今天找郑老板买点黄货。要是没猜错的话，诸位一定是司令部稽查处的弟兄。我们素无积怨，要是各位高抬贵手，放小弟一马，我定当重谢。"

说罢，把目光转向放在桌子上的黑皮包，向特务们示意。众特务看看那鼓鼓囊囊的皮包，又看看特务小头目，只等他发话。

　　那特务小头目犹豫片刻，赔笑道："刘舰长，要是平日，这
个情我就领了，可今天非比寻常，兄弟我不敢擅自做主，请您
委屈一小会儿，待我请示上峰后再说。"说罢去打电话。

　　十多分钟后，那特务小头目绷着脸回来说："上峰指示，请
刘舰长走一趟。"

　　刘杰仁无奈，只有随他们上车。而这时，对面楼上的一个
窗口后两双关切的眼睛，无可奈何地看着那辆开过来的三轮摩
托把刘杰仁带走。

4

　　两天以后，在稽查处处长办公室，吴超叫把陶森带进来。
不一会儿，陶森出现，他衣着整齐但神态畏缩。刚进门就对吴
超深深一鞠躬。

　　吴超微微点头，算是回答。而后，扬了扬下巴示意他坐下。
陶森战战兢兢，只用半个屁股坐在椅子上。

　　吴超问道："陶先生，这两天过得还好吗？"

　　陶森欠身道："蒙处座关照，很好，很好。"

　　"比你钻山沟打游击，饥一顿饱一顿，提心吊胆地过日子强
多了吧。"

　　"那是，那是。"

　　吴超站起来，一步步走近陶森，说道："陶森，你加入共产

党，组织叛乱，被我们抓获，本是死罪，我饶你一死，又以宾客之礼相待，你可要知恩图报啊。"

"是，是，陶某误入歧途，蒙处座宽大，谆谆教诲，陶某至死不忘……"

"好了好了，"吴超不耐烦地打断他的话，说，"客套话，不必多说了，前天，我叫你好好想一想，还有什么应该讲的，特别是联络点……"

陶森面有难色地说："报告处长，这两天我反反复复地想，实在再也想不出来了。共产党地下组织单线联系，我的领导是老于，于一民，万宝银号是他叫我去的，也只一次，其他我真不知道，不敢乱说。"

"这么说来，于一民一定知道得很多了。"

"那当然，他是游击队副政委，又是区特委委员，是掌握全面情况的。"

吴超停了停，慢吞吞地说："既然如此，陶先生，我想请你去开导开导他，能叫他归顺我们，算你头功。退一步说，能从他嘴里挖出点什么，也是你的贡献呀。"

陶森听罢立即十分恐慌地说："不，不行，这个人我知道，他是铁了心的。我，我不能去见他……"

"嗯——"吴超拖长了声音哼着，陶森不敢再往下说。

"你和他打了几年游击，有交情嘛，你去开导他是最合适不过的了。"

陶森此时变了声调，哀求道："吴处座，于一民这个人很难对付，比牛还倔，你们都劝他不动，我，我……吴处长，请你开恩，放我出去吧，您原来说过……"

吴超不由哈哈大笑道："真是拈根灯草，说得轻巧，稽查处的门大开着，有本事，走嘛。"

听了这话，陶森勾头弯腰，缩作一团。

吴超走近他，两根拇指把他的脸勾起来，严厉地说："告诉你，你提供的情报并不真实，我还没有算你谎报之罪哩。现在，再给你一个改过自新的机会。你到于一民那里，只要能挖出点有价值的东西，我立即放你回家。"

陶森哭丧着脸说："处座，我愿意戴罪立功，让我做别的事吧，这个于一民，他，他是不会相信我的。"

吴超意味深长地说："你愿戴罪立功就好。这你放心，我会叫他相信你的。"

说罢，吴超缓步踱回他的办公桌前，叫两个特务近前，耳语几句，那两个特务迅速走到陶森身边，一左一右把他从椅子上架起来。

陶森惊叫道："你们，你们要干什么？"

吴超顿时露出一副狰狞的面孔说："对不起，陶先生，请你受点委屈——这就叫周瑜打黄盖，一个愿打，一个愿挨。不过，你好像不大愿意，那也由不得你啰。俗话说，吃得苦中苦，方为人上人。你先吃点苦，完成好我交办的事，就会有自由，有金钱，有享不完的荣华富贵。"

　　说完，转身对特务们说："带下去，一定要多多见彩。"

　　不一会儿，传来陶森杀猪般的嚎叫。

5

　　吴超走进沈司令办公室，敬礼毕，说："报告司令，您叫我有什么吩咐？"

　　沈司令递给他一份电报："你看这个。"

　　吴超接过来。电文是：

　　沈司令：

　　　　闻大同舰舰长被拘押，事关重大，望慎重处理，切勿轻率。希速回电。

　　　　　　　　　　　　　　　　　　　　　　　"国防部"

　　沈司令说："你看，他们的消息多灵通。我一向认为，你这个稽查处处长眼观六路，耳听八方，可比起他们来，就差多了。"

　　吴超不解地问："司令指的是海军方面？"

　　"不，我不认为海军方面的谍报工作比你强。我是指共产党。"

吴超更为不解了："司令，您的话……"

沈司令说："你算算时间，才48小时，怎么'国防部'就知道我们扣留了大同舰舰长？还有，大同舰上水兵指名道姓说是你们稽查处的人抓了他们的舰长，要求立即放人。我看，这些都是共产党地下组织搞的鬼。我跟共产党打了二十多年交道，他们的能人太多了，要不然，怎么会成这么大气候？吴超，我叫你来，把这些情况告诉你，希望你抓紧破获共产党地下组织。不然，我们是没有清静日子过的。"

虽然是深秋天气，吴超还是感到身上发烧，头上冒汗，汗珠如蚯蚓般在额头上乱爬。在他的记忆里，司令还从来没有像今天这样对他的工作如此不满意。

静听司令说完，他压低声量谦恭地说："聆听司令一席教导，顿开茅塞，如拨云见日。请司令放心，我吴超能有今日，全靠司令提携栽培，我一定为司令效力分忧，在近期破获共产党地下组织。"

沈司令问："那个共产党游击队政委说出些什么没有？"

"那家伙中毒太深，冥顽不化；不过，我正想办法叫他开口。"

听了这样的回答，沈司令脸又沉了下来，说："当前是面临党国生死存亡紧要关头，不能拖延时日。我限你在三天之内将共产党地下组织破获。"

明知难以办到，吴超还是只有答应："是，司令。"

"还有，你要把那个什么银号的老板抓住，好与刘杰仁对证；要不然，只有释放他了。不过，这样收场，对你来说，怕是很不光彩的。"

"是，我一定加紧搜查。"

"不是加紧，三天之内要抓到！"

"是，三天之内。"

"还有，"吴超正想报告退下去，沈司令又说了，"最近不断发生枪案，商会彭会长货船被抢，他的侄女被杀，这件事闹得全城人心惶惶。这个案子也交给你办。"

吴超心想，这种事本该地方上管，怎么又交给我办。但他不敢推辞，忙答应道："是，我马上布置侦破。"

"不是马上，是三天之内破案！"

"是，司令，三天！"

吴超走出司令办公室，连忙摘下帽子，边擦汗边想：今天司令怎么了？一连三个三天之内，好大的火气。大概又遇上什么事了，记得撤离南京、撤离武汉时，都是这样。难道……他不敢想，也不愿想。反正，我已是过河的卒子，有进无退。

6

"哐啷"一声响，狱门大开，两个特务把遍体鳞伤的陶森拖了进去，丢在地下。而后，"咔嚓"一声响，锁上狱门。

在这个监房的墙角里，半卧着两个人：一个是被砸上脚镣的于一民，另一个是脸上有伤痕的、学生模样的青年。

于一民发现拖进来的是陶森，立即艰难地爬过去把他扶起，为他揩去脸上、身上的血迹。

陶森在昏迷中呻吟着，当他醒来发现眼前的人是于一民，不由得一惊，接着更加大声地呻吟起来。

于一民为他轻轻擦拭伤口，那青年学生也过来相助，他看到那些血迹斑斑的伤口，愤怒地骂道："他妈的，这些该死的特务，把人打成这个样子！"

陶森慢慢睁开眼睛，当与那青年学生目光相遇时，他大叫一声，又昏了过去。这时，看守打开狱门喊道："25号，出来。"那青年学生跟着走了出去。

陶森渐渐苏醒，于一民扶着他的头，呼唤着他。陶森睁开眼睛，喊道："政委，你……"

于一民问道："现在感到怎么样？"

陶森摇摇头，做痛苦状。

于一民又问："刚才出去的那个青年学生你认识？"

陶森摇摇头，呻吟着说："政委，你看，那些狗特务把我打得好狠。他们对我用刑，叫我说。哼，整死我也休想从我嘴里掏到什么。我是共产党员，为革命抛头颅，洒热血，在所不惜……"

"对，一个共产党员，绝不能出卖组织，在任何情况下都要经得起考验。老陶，这两天你在哪儿？"

"他们把我关在黑牢里，折磨我，逼我交代，但我牢记党的教育，保护党的秘密胜于生命……政委，才两天，你瘦了好多了。"

"不要叫我政委。老陶，坐监狱不是走亲戚，不仅准备掉一身肉，还要准备掉脑袋……老陶，看你这些伤口，是刚才打的？"

"啊，是，他们要骗我的口供，我骂了他们，他们就……"

外面传来吵闹声，狱门响处，推进一个油头粉面的西装少年。

他不停地大声叫骂："打死个把人有啥子了不起。那个敢跟老子作对，老子就对他不起。老子们有的是钱，我表哥开银行，表嫂跟当官的有亲，哪个不认得？他彭胖子敢把老子球咬了。"

送他进来的看守说："钱少爷，这回不比往常，你碰到钉子了，司令下了话，要严惩。"

"你不要说来吓人，充其量抵命，一命换一命也不蚀本，二十年后又是个伸伸展展的公子哥儿。"

看守赔笑说："佩服，佩服。对不起，钱少爷，请你暂时委屈一下，我失陪了。"

说罢，点头拱手，提着串钥匙走了。

7

聚兴钱庄老板因为又矮又胖，人们叫他汤圆经理。前两年，他去上海买回一个美貌风流的舞女做姨太太，因为花了整整一个亿的法币，人称她为"亿元太太"。汤圆经理和亿元太太，一个是全城的巨富，一个是漂亮的交际花，是这里一对颇有知名度的人物。

这天，他们为表弟钱忠因争风吃醋而杀人的事来找吴超。他们早就认识，说话开门见山。

汤圆经理说："此事万望吴兄相救，只要能保住表弟性命，再大代价，我也是不惜的。"

吴超面有难色地说："事关重大，我也无能为力。那彭胖子，一张接一张状纸地告，一点不松口。司令很生气，下死命令限期破案，严惩凶手……"

亿元太太接过话头，用香软的上海普通话说："谁不知道侬吴处长是司令面前的大红人，只要侬一句话，就能救人一命。我那表弟是独苗苗，救他一命等于救他一家。吴处长，侬我不是外人，只要侬这次帮了忙，我一定给侬介绍一位漂亮迷人的小姐……"

听了这些话，吴超心里一动，沉默片刻后说："你们既然如此看重我，我可以去试试。不过，嫂夫人的话，可要算数啊。

哈哈……"

亿元太太说："哎，看我哪回哄过你……"

汤圆经理插话说："我这位贤内助和城内名门闺秀都有交往，你看上哪个，只管对她说，马到成功，我只等着喝喜酒了。"

吴超说："那我就先谢过媒人了。"

亿元太太忙说："你先别谢，先把你的心思说给我听听。"

吴超偏过头来，对亿元太太一阵耳语。

亿元太太听了，挑起眉毛一笑，说："怪不得早有风闻，传说吴处长要做司令的侄女婿，看来并非虚传。凭处长一表人才，年轻有为，又是司令的得意部下……不过，有谣传说她与司令的顾副官……"

吴超说："顾平那小子，司令不喜欢他，已把他调离司令部了。"

亿元太太说："这样说来，那就有十分把握了。告诉你，沈静小姐是我小姊妹的同学，只要我略施小计，助你一臂，定能成其好事。处长放心，这事包在我身上。"

汤圆经理见老婆没完没了地絮叨下去，心中甚急，趁她稍一停顿，插话道："超兄，关于我表弟之事……"

吴超说："此事系司令亲自过问，事关重大，只有采取软办法；而且，涉及的军政机关又多，什么军法处、特别法庭、地方上的警察局、宪兵队……"

汤圆经理说："啊，我明白，这好办。"

说着，打开皮包，取出一张支票，双手递给吴超说："这是空白支票，需要多少，就开多少，随时可到敝行取用。"

吴超推回他的手说："你叫我贪赃枉法，还帮你去行贿？这可是坐班房杀头的罪，我可不敢。再说，军法处、警察局、宪兵队里的那些头头脑脑们难办，人所共知。老兄，你也该有所闻吧。"

还是亿元太太懂关窍，一把抓过汤圆经理的支票，塞回丈夫的皮包，对他耳语几句，汤圆经理连连点头，转头对吴超说："那事不宜迟，今晚八时，请光临寒舍小酌几杯。其他几位，我马上亲自登门去请。"

说罢，二人告辞。

走到门口，亿元太太回头朝吴超一笑，说："请处长大人准时光临，我让你今天晚上就见到意中人。"

当晚，午夜时分，汤圆经理的公馆仍然灯火辉煌，猜拳行令、劝酒笑闹之声不绝于耳。在衣帽间，墙上挂着各式衣服。一双戴着宝石戒指的白嫩小手，不停地翻动那些衣服，朝这些军官服、警官服的荷包里塞进一个个小皮夹，当翻到一件军大衣时，一下朝里放进两个。

正在这时，一只毛茸茸的大手伸过来按住那双细嫩小手，那小手吓得一缩。只听亿元太太说："死鬼，吓死我了。"

吴超握住她的手细声说："对我的情意是双份的，叫我怎能不感谢你。"说着，整个身子向亿元太太倾倒过来。

亿元太太左右看看，轻轻推他一把说："小心叫人看见。沈小姐就在楼上，你为什么不去跟她多亲热亲热？"

吴超两手一摊，说："她冷若冰霜。"

亿元太太说："亏你还是情场老手，俗话说，湿柴怕猛火，你要加温嘛。"

吴超无可奈何地一笑，说："她是司令的侄小姐，我可不能稍有失礼呀。"

"她是不是还恋着那个顾副官？"

"也许吧。"

已是下半夜，客人们陆续离席，纷纷走进衣帽间取自己的衣服，一双双手都在荷包里按了按，脸上露出满意的笑容。接着，在一阵"慢走慢走""留步留步"的客套话后，几辆小汽车消失在黑暗中。

汤圆经理望着远去的汽车，长长嘘了口气，问身边的太太："一共花了多少？"

"一人一份，每份十两金子，一张二百块银圆的支票。"

"唉，加起来，可不少呀，我们这位表少爷也真值价。"

亿元太太不以为然地笑道："这算什么，还不及我身价的一半。"

说罢，二人相视而笑。

忽地吹过一阵凉风，树叶片片落下。亿元太太缩了缩脖子说："天冷了，明天叫人给表少爷送几件衣裳去。"

8

大雨如注，被风一吹，直朝监狱的窗口里灌。关在里面的四个人紧靠墙角。冷风吹来，一个个都紧缩在稻草里。

这时，狱门被打开，看守抱着衣物进来。

走到 25 号面前停下，丢过一件棉衣，说："家里给你送的。"

走到钱忠面前，把一个大包袱递下，笑道："这是你嫂夫人亿元太太派人送的，你闻闻，还有股香味咧。"

钱忠接过包袱说道："喂，请你老兄给你们当官的说说，把我换个地方，怎么能跟这些叫花子住在一堆啊。"

看守说："好，好，我帮你转达。"

说罢，锁门而去。

于一民靠在墙角眯眼打盹。突然间，他站起来，紧握双拳，用力活动着双臂，而后，一步步走向 25 号，趁其不备，一把抓住他的衣领提了起来，厉声说："你是特务！"

25 号分辩道："我不是，不要冤枉好人。"

"哼，你能瞒过我？"说着，一拳把他打倒在地。

转过脸对陶森说："老陶，他是来监视我们的特务，来打！"

25 号从地上爬起来，与于一民扭打成一团。

钱少爷进狱几天，正闷得心慌，见二人打架，好不高兴，情不自禁地拍手叫好，呐喊助阵。只听他在一旁吼道："这一拳打得还响。"

"赶快来个二龙戏珠。"

"对，对，顺手一个黑虎掏心嘛！"……

陶森这时张皇失措，不知如何是好。25号这个人他在吴超那里见过一面，于一民叫他打，他不敢不打却不敢下死劲打，拳脚下得轻骂声却很大："打死你这个狗特务！""打死你这个坏蛋！"不停地喊，想让外面看守听见。无奈雨下得太大，看守们都躲在屋里喝酒，哪能听得见？

二比一，25号渐渐体力不支，被于一民压在地上，扭过他一只手，抓住头发，使劲朝水泥地上碰。25号杀猪似的喊救命。于一民毫不理睬，仍旧一下下地碰。

陶森却被吓得呆了，25号真的被打死，他如何向吴处长交代？正在这时，于一民却把25号的脑袋交给他说："我累了，你接着打！"

陶森略有一丝犹豫，抓过那把头发，正准备朝下撞，25号喊道："姓陶的，好狗日的东西，你敢！"陶森的手渐渐松开。

于一民放开25号，转过身来，对陶森啪啪两个响亮的耳光，而后退了半步，对着陶森和25号，纵声大笑道："是狐狸，免不了一身骚；是狗，总有一身屎臭……"

陶森还想辩解："别误会，我……"

于一民骂道："叛徒，滚开！"并举拳打去，陶森退避不及，绊倒在地。

这时，窗外狂风夹着大雨，如翻腾的海洋。风雨中，于一民放声狂笑。

9

在万县县城中贫民区的一间小屋里，郑春和几个地下党同志碰头开会。

郑春说："根据可靠消息，陶森已叛变，老于的处境更加危险，我们正在设法营救他。关于刘舰长的情况……"

大同舰伙食班班长、中共地下党员李明说："我们已两次发动全舰官兵向驻军司令部写信，又联名打电报给海军部，要求立即放回刘舰长。"

郑春说："还得再逼逼他们，让他们尽快放人。李明同志，你要特别注意进驻兵舰上的警卫队，那为首的顾平和郭彬都是沈容图的亲信。"

李明说："据了解，顾平原是司令副官，正与沈司令的侄小姐恋爱，对调到舰上极不情愿，成天唉声叹气，十分消沉。

副队长郭彬是稽查处的特务，非常奸猾。我们已布置专人对他们严密监视。现在，我们已团结了十几个可靠的水兵，控制了一些要害部门，只等刘舰长回来。"

郑春说："目前，形势发展很快，我们的工作要抓紧。明天，我要到乡下，向组织汇报工作。"

李明说："这几天各处盘查很严，要格外小心。"

地下党员、搬运工邱二庆说："明天河边有几船货要卸，老郑和我们一起走，只要到了河边，过河就容易了。"

第二天清早，郑春装扮成搬运工人，扛着杠子，挂着绳索，与一帮工人走上街，向通往河边的马路走去。在去河边码头的路口上，新设了盘查哨，特务们逐个检查来往的行人，气氛十分紧张。

看到这种情况，邱二庆与郑春低语几句后，又与同路的几个搬运工递了眼色，就大声喊道："喂，伙计们，今天冷飕飕的，我们大家来玩一盘'乔老爷上轿'，热热闹闹下河坝，大家说好不好？"

众搬运工齐说："好！"

有的还大声幽默地说："要得，大家黄连树下弹琴——苦中作乐。"

"还是邱二哥唱得好，快上轿。"

大家七嘴八舌，笑闹着把杠子放在地上架成"井"字形，邱二庆站在上面两根上，四个人用手提着下面的杠子，喊一声："涨。"

举过肩膀，过来八个人，一人一头，肩上一放。

邱二庆稳笃笃站在杠子上，两手叉腰，泰山般威风凛凛。只听他长声吆吆喊一声："走啰！"

下面八个人齐刷刷应道："走啰！"

于是邱二庆提高声量，领唱起来：

邱领："正月（那个）里呀来——"

众合："正月（的）正喽。"

邱领："赵匡胤打马（啥），"

众合："下（才）南京啰。"

邱领："前面哟走的，"

众合："胡大海呀！"

邱领："后面（啥）紧跟哪，"

众合："（沙嘛）常遇春啰。"

……

洪亮激昂的号子，配上"嚓、嚓、嚓"的整齐脚步声，显得豪迈而有气势。郑春本是工人出身，对"抬轿子"之类的游戏从小就爱好，他混在抬家队伍中，也欢乐地和着脚步唱着。一些爱热闹的孩子，又唱又跳地跟着跑。

当邱二庆领唱到"七月里来秋风凉"时，已到盘查哨口，但大家没有停，一路唱了过去。特务们也被他们的游戏所吸引，忘了盘问，好奇地目送他们下了河坝。

这时，一辆吉普车在盘查哨口停下，车里走下稽查处处长吴超，特务们慌忙过去伺候。

吴超问："发现什么可疑情况吗？"

小特务回道："报告处长，没有。"

"刚才我听这边闹哄哄的，什么事？"

"报告处长，是帮烂仗搬运工，玩'乔老爷上轿'，穷欢乐。"

"啊——"吴超应着，但想想觉着不对，反身说道："'乔老爷上轿'是下午收工时的玩意儿，哪有清早玩的？这中间一定有明堂。你们快去把那帮人叫来，我要问个明白。"

特务们奉命慌忙赶下河坝，把搬运工们赶到吴超面前。吴超对他们一一细看，没发现可疑人物，便问道："刚才，你们啥子事情唱得那么高兴？"

工人们回答道："我们高兴一下，又犯了哪一条？"

"唱唱歌也不许？"

吴超道："现在是非常时期，唱歌扰乱治安，就是不许！"

接着，换了口气又问道："我问你们，抬'乔老爷上轿'是下午收工时的玩意，今天为什么一大早就唱起来了？"

邱二庆说："现在米价这么贵，喝点稀饭不到收工都变尿了，哪有力气唱歌？"

工人们也纷纷说："是呀，物价一天涨几倍，力行老板工钱一分不涨，眼看连稀饭都喝不上了。"

"你这个当官的也该管一管那些米行老板，一升米上午卖十万，下午就卖二十万、三十万，该不该管？"……

面对工人们的提问，吴超无言以对，狼狈地钻进汽车，命令司机快开车。

10

沈容图又收到"国防部"密电，催问对大同舰舰长刘杰仁
的处理情况。密电指出，目下形势危急，军心浮动，没有确凿
证据，切勿轻率处置，以防激起变故。同时，他又收到关于大
同舰水兵思想不稳的情报材料。他感到这件事太棘手，悔不该
当初轻易同意吴超的意见，把刘杰仁扣押起来，如今弄得进退
两难。

他把吴超叫来问道："关于刘杰仁，你找到什么线索？"

吴超颓然回道："报告司令，没有。"

"那个银号老板抓到没有？"

"我们实行全城大戒严、大搜捕，也没抓到。"

"你抓不到那个银号老板，这事该怎么了结？"

"是的，抓不到他，无法给刘杰仁定罪。"

"可是，就是抓到了，他们都一口咬定只是银钱往来，又怎
么定罪？"

吴超词穷，默不作声。

沈容图有几分气恼，又有几分无奈地说："轻率，太轻率！
今天，'国防部'又来电催问此事，大同舰上的水兵也闹着还他
们的舰长。看来，再不放人，事情闹大了更不好收场。吴超，

不知你有何高见。"

吴超羞愧难当，低头说："卑职无能，听从司令裁断。"

沈容图长叹一口气，说道："你去准备一桌丰盛的酒席，向刘杰仁赔礼道歉，放他回舰。"

吴超回道："是。"

沈容图又补充说："你要交代下属，严密监视军舰，如果发现什么蛛丝马迹，立刻报告。"

"是。"

沈容图又想起另一件事："那个共产党的政委交代了什么没有？"

吴超回道："他死不开口。"

"你不是说想了什么办法吗？"

吴超尴尬地说："那家伙太狡猾，把我们派去的人都识破了……"

"难道就再没有办法了？"

"报告司令，我正要向您请示，准备把那个自首的'共党'分子放了，交给他任务，放长线钓大鱼。"

"嗯，试试吧。"

沈容图又提出件事："彭会长侄儿被杀一案，弄清楚了没有？"

这个案子办得很顺手，吴超颇为自信地说："报告司令，不到三天，全案已侦破，凶手抓获后供认不讳，临时法庭也审判终了，说要报请您批示。"

沈容图听了，按了下桌子上的电铃。铃声未了，进来一队年轻军官。

沈容图问道："杜参谋，临时法庭有没有报批的公文？"

杜参谋回道："报告司令，没有。"

"你赶快通知临时法庭，叫他们把商会彭会长侄儿被杀的呈文报上来，并叫他们印通知。"

杜参谋应声退下。

沈容图从圈椅上站起来，走近吴超，语重心长地说："现在'共军'几路进逼，人心浮动，'共党'地下活动十分猖獗，你要严令下属，注意防止'共党'分子活动，至少，也要保持眼皮底下这块地盘的安静。望你切实去做，勿负我对你的期望。"

吴超响亮地回答了声："是。"

行礼后退下。

11

一辆吉普车向江边驶去，车上坐着身着海军军官服的大同舰舰长刘杰仁。旁边，是赔笑谈话的吴超。

车在江边停下，早就等在那里的水兵打开车门，刘杰仁、吴超先后下车。

两名舰上官兵（其中一名是李明）上前向刘杰仁举手敬礼：

"我们代表大同舰全舰官兵，欢迎刘舰长荣归。"

吴超握着刘杰仁的手说："我们是不打不相识，还望刘兄多多包涵。"

刘杰仁淡淡一笑说："承蒙相送。请回。"

说罢，在水兵陪同下，登上汽艇。

汽艇开动，岸边吴超挥手相送。

汽艇画出一道弯弯的白浪，驶入江心，向大同舰停泊的下游鲤鱼沱开去。

刘杰仁站在船头，迎看江风，舒展着双臂。不远处，两三只渔船正在撒网，传来阵阵渔歌：

　　打鱼人，水为家

　　不怕风浪大

　　只愁无鱼虾

　　顶风浪，把网撒

　　十网九网空

　　拿啥来养家？

歌声悠扬中有几分悲凉。刘杰仁专注地听下去。李明此时由舱里出来说："请舰长进舱用茶。"

刘杰仁转身走进舱里，不觉大吃一惊。原来里面坐着万宝银号经理郑春。他一身渔民打扮，见刘杰仁走近，起身相迎，笑道："刘舰长，您受苦了。"

刘杰仁惊异地说："您，郑老板……"

二人紧紧握手。

此时，大同舰甲板上，顾平手扶栏杆，向烟雾迷茫的万县眺望。他满面愁容，不时地还叹上一口气。站在他旁边的郭彬手举望远镜在江上来回探望。

听见顾平叹气，他说道："为了一个女人，成天长吁短叹，何苦来？女人嘛，有的是……"

顾平不屑与他争辩，说："你懂个屁！"

郭彬说："好好好，我不懂，你懂。"

他手中扫来扫去的望远镜突然停住，对准一个目标细看说："接舰长的汽艇回来了。为什么开这么慢？"

顾平漫不经心地说："大概出了什么故障。"

"不像，妈的，雾蒙蒙的，看不清楚。"

汽艇在江中慢慢漂游，艇内，郑春和刘杰仁倾心交谈。

刘杰仁说："真是听君一席话，胜读十年书。这些年来浑浑噩噩，醉生梦死，算是白活了。眼下蒋家王朝已土崩瓦解，我正愁无路可走，幸逢郑先生给我指出一条光明大道。请相信，我刘某人既下决心跟定共产党，一定勇往直前，绝不后退！"

郑春说："难得刘舰长深明大义，果断抉择，我们地下党同志与你密切配合，务求一举成功。舰上警卫队乃心腹大患，具体对策请与李明同志多多商讨。至于起义后如何冲破江上防线，不知刘舰长是何高见？"

刘杰仁说："据我所知，他们把江上防务主要集中在万县上方磨盘石一带，利用江面狭窄的地形优势，筑有坚固的炮兵阵地；但我舰现在下游，对我无威胁。我所虑的是以后还有几百里的路程，虽然他们的江防守备薄弱，但航道窄，险滩多，哪怕是轻武器，也会构成相当威胁。"

郑春说："据我们最近情报，万县以下不足为虑，云阳、巫山、奉节等地沿江一带没有重武器设防，且士气低落，加上我们也做了许多工作，刘舰长可以放心。当然，也要有所准备，遇有阻挡者，当给以痛击。我所虑者，正是磨盘石的炮兵，他们虽驻防上游，但机械化装备，机动性能好。如果一旦调到下游，对兵舰的威胁就大了。再者，往往还可能发生一些意想不到的情况，还请刘舰长见机行事。"

刘杰仁说："谢郑先生指教，兄弟当格外注意。"

郑春说："时间不早了，我告辞了。祝刘舰长成功。"

二人互道珍重，握手告别。但见那郑春取下包头的帕子，向江上一招，箭似的飘过来一条渔船，擦着汽艇一晃而过。郑春飞身跳过船去，转眼就消失在江波之中。

汽艇这时开足马力驶向军舰。

军舰上，水兵和驻舰警卫队官兵，列队在甲板上，欢迎刘舰长归来。刘杰仁上舰，与他们一一握手。

解散以后，郭彬钻进厨房，向正在搬运食品的李明打招呼：

"李班长，今天辛苦了，买了些什么好吃的呀？"

李明知道他的用意，客气地敷衍说："鸡鸭肉蛋，山珍海味，样样都有。郭队长想吃什么？"

郭彬问："有鱼吗？"

"有的是，半箩筐哩。"

郭彬走近罗筐翻了翻说："怎么都是死的？"

李明见他来者不善，就说："还是一早买的，还能不死，又不是癞蛤蟆。"

郭彬又矮又胖，长了满脸疙瘩，人们叫他"郭碉堡，"又叫"癞蛤蟆"。

郭彬听了满不在乎地一笑，又涎着脸问道："刚才一只渔船靠了下汽艇，不是要买鱼吗？"

李明心中一惊，说道："我看了看，鱼太小，没买。"

郭彬把搜集到的种种疑点写成密报，立马派两个警卫士兵送给吴超。当这两个士兵正在解汽艇的缆绳时，被刘杰仁发现，问道："你们要到哪里去？"

二兵回道："我们奉郭队副命令，去城里采购鱼肉，为刘舰长接风。"

刘杰仁说："算了算了，不必去了。"

此时郭彬走过来，赔笑说："是我叫他们去买些鲜鱼嫩虾，办酒宴为刘舰长接风压惊。"

刘杰仁忙说："谢谢你的盛情，不必了，不必了。叫他们不要去了。"

郭彬笑着低声说:"刘舰长,您是知道的,我们顾队长有封急信要送给司令的侄小姐……"

刘杰仁不便再说,眼看着两个警卫队的士兵把汽艇开走。

12

吴超是有名的花花太岁,与城里的名花多有交往,其中与亿元太太交情最深。

这天,他正与亿元太太幽会,忽然勤务兵来报,大同舰警卫队派人送来急信。

吴超走出内室,两个士兵向他敬礼后说:"报告处长,郭队副派我们给您送信。"

吴超接过信件,问道:"还有事吗?"

"还有一封是顾队长叫我们送给沈小姐的。"

"啊,交给我转吧,你们上岸一趟也不易,快去街上逛逛去吧。"

两个士兵自然乐意,把信交给吴超后高兴地上街玩去了。

吴超把那封急信放在一边,先拆开顾平给沈小姐的信,看着看着,不由得醋火中烧,怒容满面。

亿元太太从里屋出来也凑近观看,故意娇声念道:"'我最心爱的,'哟,好亲热呀……"

吴超气极，把信揉成一团尚不解恨，又两把撕碎。

亿元太太轻声一笑，说："看你，好大的醋劲。"

吴超不无埋怨地说："你不是向我夸下海口吗……"

亿元太太说道："不过，我也算尽力了，那次我把她请到我家，给你一个好机会，可你自己……依我看来，还是这位姓顾的抓得太紧，你看那信上写的。"

吴超说："哼，我就不相信！"

这时，他才想起那份密报，急忙拆开。

看毕，一个计划在他肚里形成。他转身对亿元太太说："我有要紧事要去见司令，失陪了。"

亿元太太勾住他的脖子不放："好容易才瞅个机会……"

吴超轻轻推开她："小乖乖，实在对不起。"

"那，我表弟的事……"

"你放心，我自有妙计。"

吴超匆匆走向沈司令办公室。这两天，司令显得很颓丧，似乎苍老了许多。他办公桌上散乱地堆放着文件卷宗，见吴超进来，稍稍振作，镇静地取过文件批阅。

他时时告诫自己，作为一个指挥官，在部下面前绝不能流露出什么情绪，特别是悲观情绪。要把自己隐藏起来，让部下猜不透才好。

吴超敬礼毕，递上一份材料，说："这是刚收到的郭彬从大同舰送来的情报。"

　　沈容图接过来仔细阅毕，问道："你有什么看法？"

　　吴超说："依卑职看，刘杰仁的汽艇与打鱼船的接触绝非偶然。还有舰上的许多迹象，也值得怀疑。如果他们有什么行动，从现在军舰停泊的位置看，由于下游江防力量薄弱，出了事是难以对付的，请司令采取紧急措施。"

　　沈容图深思片刻，起身细看墙上的地图，按电铃叫杜参谋进来。

　　"你记下我的命令：令大同舰立即起航，开往上游 60 公里处沙沱镇停泊待命。记下了吗？叫电报室马上发报。"

　　待杜参谋复述命令退下后，沈容图又对吴超说："你立刻向沙沱镇稽查组布置，严密监视大同舰，有情况随时报告。"

　　吴超答道："是。"

　　沈容图又问："处决那个杀人犯的事，准备好了吗？"

　　"准备好了，明天执行。"

　　沈容图再问："那个'共党'游击队政委这两天脑筋活动点没有？"

　　"那家伙软硬不吃，还未撬开他的嘴。"

　　沈容图道："眼下，他是我们手中最重要的一根线索，你千万不能放松。"

　　"是！"

13

监房里，现在只剩下于一民和陶森，他们各据一角，躺在草堆里。陶森被识破后，被吴超大骂了一顿，但仍叫他继续监视于一民以将功赎罪。陶森为苟全性命，只有充当奴才，对于一民的一言一行毫不放松。这天，于一民见窗口有个黑点一晃，一个纸团落在面前。拾过纸团，警觉地望望陶森，见他脸向墙里，似已睡着，立即展开纸团查看。

其实，这一切均被陶森通过手中的小镜子看在眼里，于是他立刻捂着肚皮哎哟哎哟大叫起来。看守闻声过来，问他。

他大喊道："肚子痛得要命，请行行好，让医生给我看看。"

看守打开监门，把他带了出去。

于一民知道不妙，忙把纸团丢进嘴里嚼烂吞下，然后从草堆里翻出一张皱巴巴的纸片，认真地看着。

不一会儿，两个特务冲进来，直扑于一民，一把抓过他手中的纸片，原来是政治犯守则。

特务恼羞成怒，将纸片朝于一民脸上掼去，又对他全身搜查，但一无所获。

特务转身出门时，正碰上捂着肚皮进来的陶森，不由得火起，狠狠地踹他一脚，骂道："把老子当猴儿耍。"

陶森委屈万分，向特务哀求道："长官，我，我请求见你们吴处长。"

恰好，吴处长也正要找他，听特务来报后，就叫人把他带了来。陶森见了吴超，先是深深一鞠躬，然后弯腰站在一旁。

吴超瞟了他一眼说："你要见我有什么事？"

陶森上前半步，乞求道："吴处长，请放了我吧。我上有老母，下有妻儿，请开恩放我回家，从今后奉公守法，规矩做人。至于赏银，我分文不要，留给弟兄们喝酒吧……"

吴超笑道："原来是这样，好，今天就放你，赏银分文不少。走之前，我还为你饯行。"

陶森喜出望外，忙作揖打躬说："谢处座恩典，陶某没齿不忘。我本是罪人，怎敢有劳处座饯行，不敢当，实在不敢当，就这样走吧。"

吴超说："那哪行，来人，请陶先生入席。"

两个特务过来说："处长赏酒饭，别不识抬举，快走吧！"

还未等陶森回过神来，就被二人挟持了出去。

接着，于一民也被押了进来。吴超挪过一把椅子，请他坐。于一民坦然坐下。

吴超说："于先生经过这些天反省，想好了吗？"

于一民不语。

吴超又说："我曾说过，只要于先生稍稍开窍，我马上让你自由。"

于一民无动于衷。

吴超继续说："今天，是你最后的机会，你再执迷不悟，那就……"

于一民微微笑道："一定要我说，我就说，你听着：解放军已逼近重庆，你倒不要执迷不悟才对。"

吴超按捺住肚子里的火气，也微笑道："好，于先生既然如此，我就成全你。来，带下去赏酒饭。"

于一民腾地从椅子上站起来说："共产党人为人民而死，死得其所，是清醒的选择，要什么酒饭？走！"

被灌醉的陶森由两个特务押到吴超面前，吴超喊道："捆起来，押上刑车。"

这时陶森的酒已被吓醒，哭叫道："吴处长，你这是干什么？"

双腿一软向吴超跪下，哭喊着饶命。吴超踢他一脚，指示特务堵上他的嘴，推上刑车。于一民也被五花大绑，同时押上刑车。

吴超一声令下，装满士兵的卡车在前，刑车在后，开出稽查处。

车到刑场停下，于一民神态自若地走下刑车，陶森已吓得半死，架下车时瘫倒在地。

吴超走到于一民面前，慢条斯理地说："于先生，人生一世，草木一春，你还年轻，我不忍看你就这样成为我的刀下之鬼，再给你最后一个机会。只要你愿意与我们合作，不仅可以保全你自己，还可以救你的部下陶队长一命。望于先生快做决断。"

陶森在一旁听说，匍匐着向于一民爬来，到了脚前，叩头如捣蒜，因嘴被堵上，只听他呜呜地叫。

于一民低头向他"呸"了一口，转身对着吴超冷笑一声，大步流星朝前走去。

吴超气得发抖，一挥手，一个特务取出写有"杀人抢劫犯钱忠"的草标，插在陶森的颈子上，拖到于一民身边。

只听"叭""叭"两声枪响，陶森俯身倒下，腿抽搐了几下，再不动了；而站在旁边的于一民并未中弹。两名特务过来，把他拉回刑车边。

吴超对他笑着说："对不起，于先生，先叫你尝尝临死前的滋味。你想一死为快吗？没那么便宜。"

说罢手一摆，于一民复被押上刑车，送回稽查处牢内。

14

按计划，大同舰会在今天中午 12 时起义，到时候，以欢迎舰长荣归为名，大办酒席，把警卫队官兵请到底舱餐厅，堵住舱门，宣布起义，把军舰开到解放区。

上午 10 时，刘杰仁巡视全舰，他走进厨房问李明："李班长，中午聚餐准备好了吗？"

"报告舰长，准备好了，中午 12 点准时开饭。"

这时，报务员急忙跑来："报告舰长，司令部急电。"

刘杰仁接过电报，见上面写："兹令大同舰立即起航，开赴上游沙沱镇待命，于本日午后二时前到达。"

他见报务员手中还有一张，问道："那是什么？"

报务员回道："同样内容，是给舰上警卫队的。"

刘杰仁说："啊，你快送去。"

他与李明交换了下目光说："军舰马上起航，聚餐时间待军舰开到沙沱镇后再定。"

就在大同舰停靠的岸边半山上，有个小村落，一间茅草屋里，农民打扮的郑春和小王，正在窗口观察江面动静。

他们见到大同舰在缓缓启动，郑春看看手腕上的表说："怎么，现在才 11 点，怎么就动作了？而且，开往上游，不对，一定有新情况……"

这时，传来"麻花油条椒盐烧饼"的叫卖声。

郑春和小王听到发现特务的暗号，急忙收拾文件，取出手枪。

忽听外面喊叫"麻花油条……"声又起，接着一声枪响，叫卖声停止。

郑春说："小王，快，从后门上山。"

刚跑到屋后竹林，后面就传来"不许动""抓活的"吼叫声和密集的枪声。他们一面还击，一面向山上逃去。

一颗子弹击中郑春腿部，他跌倒了。小王把他背起，艰难地向山上爬。眼看特务逼近，郑春从口袋里摸出文件交给小王说："我们分开走，你把文件带上，从大鼓石上山，我掩护。"

见小王迟疑，郑春命令道："情况紧急，快！"

小王无奈地放下郑春，揣好文件，朝山顶飞快爬去。郑春找到一个掩体，瞄准追上来的特务射击。

不幸，他又中一弹，当即昏迷过去。特务们围上来把他抓获。

大同舰奉命上驶，穿过万县城区。顾平站在甲板上，手拿望远镜向岸上瞭望，他准确地找到司令部边那座红楼，连连叹息："我真不明白，为什么要开到上游去。"

一旁的郭彬回答道："为了安全，难道你没看出舰上的动静？"

顾平反问道："难道上游就安全？重庆不正在告急？上游下游，不都一样。"

"你是害怕了吧？大丈夫战死沙场，马革裹尸，有什么了不起。我看你呀，是被沈小姐迷疯了……"

这时，军舰开过磨盘石，舰身擦岸而过。岸上一军官认出郭彬，高声喊道："喂，郭碉堡，到哪儿去？"

郭彬用大拇指朝上方指指说："瘦猴，去你姥姥家。"

顾平问道："那是谁？"

"炮兵团崔连长。"

在军舰指挥塔上，刘杰仁看着左岸的机场和印有国民党标志的飞机，说道："叫人家卖命，自己却准备着逃跑。"

身边一军官说："只要一发炮弹，它就飞不动了。"

军舰右方磨盘石炮兵阵地上，一门门大炮咧着大嘴对准江面。

刘杰仁用望远镜细细观察，又对身边军官说："看清楚，准确标明位置。"

"是，舰长。"

过了磨盘石，刘杰仁命令："加速前进。"

在司令部，沈容图站在窗口，从望远镜里看到大同舰往上游开去，向身后问道："什么时候能到达目的地？"

杜参谋回道："报告司令，根据该舰航速，下午两点前能到达。"

"通知沙沱镇驻军，大同舰到后立即电告司令部。"

"是。"

吴超在另一个窗口前，用望远镜朝江面来回观望，当看到大同舰即将消失在上游拐弯处时，脸上浮过一丝笑意：对自己的"釜底抽薪"之计十分满意。丢掉你的顾呆子吧，我的沈小姐。

沈小姐这时正在闺房里坐卧不定地想心事，算来，该有顾平的信了，怎么还不来。

她叫来保姆廖妈："有我的信吗？"

"没有。"

廖妈知道小姐在想什么，走近她说："刚才我上楼晾衣裳，看见兵舰在冒烟，像要开动。"

沈静急了："什么，兵舰要开动？"

她立刻上楼，停在鲤鱼沱的兵舰果然不见了，只是在上游远处看见一个舰尾巴，后面拖着一串白色波浪。

沈静埋怨说："廖妈，你为什么不早告诉我？"

廖妈说："唉，小姐，这些天你吃不好睡不好，真叫人心疼，刚刚看你睡着，怎么好来惊动你……"

沈静不由流下泪来，转身出门，朝叔叔的办公室跑去。

见侄女进来，沈容图把她拉到身边沙发上坐下，笑问道："怎么啦，眼泪巴巴的，看这两天怎么就瘦了许多？"

沈静不语，坐在沙发上不停地抽泣。

"怎么这样伤心，是不是那盆心爱的牡丹枯死了？"

沈静仍不回答，哭声却大了。

"谁欺负你了？不舒服？有病？唉，你讲给我听听……"

沈静边哭边说道："我从小死了爹妈，您和婶婶把我带大。可是，自从婶婶去世，再也没人疼我了，叔叔整天只顾打仗……"

沈容图爱抚地说："静儿，看你说到哪儿去了，叔叔又没有一子半女，你就是我的掌上明珠，什么事不想着你。"

沈静说："您知道我跟顾平……您偏要把他调上兵舰。"

"唉，我不是早就给你说清楚了吗？"

"可是现在你连兵舰也调开了。"

沈容图长长吁口气，说道："你女孩子家，哪里懂，这是军事需要，也是上峰的命令，我也没有办法呀。"

沈静只是不停地哭泣，沈容图无奈地哄着道："好了好了，我的好静儿，别哭了。又没多远，待他把这件公事办完，一定把他调回司令部来。"

15

刘杰仁是个精细人，在航行过程中，他对全舰动力、通讯和各炮位都细细检查一遍，对可能出现的故障及时排除。兵舰长久停泊，一旦开动，往往会出现意想不到的事故，如果宣布起义后出了故障，岂不要坏大事。所以，他对司令部所下达的把兵舰立即开往上游的命令，毫不犹豫地执行，这虽然出于无奈，推迟了起义时间，但却是个试航的好机会；再说，从当时情况看，警卫队已有所准备，不如听令把兵舰开往上游，好让他们放松警觉，消除对我们的怀疑。至于开往上游后会增加危险和麻烦，他相信车到山前必有路，就像面前的这条长江，看上去前面绝壁矗立，无路可走，但靠近了拐个弯，竟然宽阔无比，一望无际。

经过两个小时的航行，大同舰抵沙沱镇。

刘舰长对报务员说："速电告司令部，大同舰于下午 1 时 50

分到达目的地。"

　　然后，打开送话器说道："全舰官兵注意，我舰奉命准时到达目的地。在航行中，大家坚守岗位，不辞辛劳，为犒赏全舰官兵，并与警卫队官兵同乐，共庆我舰到达安全地带，今天下午3时，在下舱餐厅聚餐。"

　　讲毕，全舰官兵一片欢呼。

　　沈容图几乎同时收到大同舰和沙沱镇守军的电报，心上解下一个疙瘩。

　　他对杜参谋说："立即给大同舰回电，表彰他们顺利完成任务，为嘉奖该舰及驻舰警卫队官兵，军官每人奖赏大洋50元，士兵每人10元。舰长刘杰仁功劳显著，另奖黄金10两。"

　　稍停，沈容图又说："给沙沱镇驻军13团团长发个密电，叫他们对大同舰的活动密切注意，没有我的命令，不得让该舰离开沙沱镇水域。"

　　杜参谋复述了司令的命令，敬礼退下。

　　下午3时，大同舰底舱餐厅一片欢笑，舰上官兵和驻舰警卫队官兵互相客气让座，刘舰长与警卫队顾队长并坐于首席。

　　刘杰仁见郭彬未到，问李明，说他因病不能来，已派人给他单独送些可口饭菜。现在他正在"休息"。

　　原来，嗅觉灵敏的郭彬对今天的聚餐有所顾忌，怕是鸿门宴，故称病不来。李明对他的狡猾早就想好对策，带上两个水兵，以请他赴宴为名走进他的卧舱，他抵死不来，甚至试图抽枪动武。

李明缴了他的枪，将他捆绑结实，反扣舱门，派人看管起来。刚才舰长问起，不便明说，但从话音和眼神里，刘杰仁也已明白。

这时，餐厅已满座，警卫队官兵除郭彬外均已到齐，早已布置好的水兵把守着舱门要道。

只见刘杰仁站起身来，"笃笃笃"敲了几下桌子，叫大家肃静，然后清了清嗓子，说道："大同舰全体官兵兄弟们，警卫队官兵兄弟们，今天，为庆贺大同舰顺利开到安全地带，特备水酒一杯，与大家同乐。"

说到此处，刘杰仁用严峻的目光扫视一周，用缓慢而庄严的口气说："请大家注意，请大家注意听着，我现在向大家宣布一个特大好消息，大同舰官兵决定弃暗投明，宣布起义，投奔共产党。我命令，警卫队官兵举手缴枪！刚才，我们已把敢于反抗的郭彬捆了起来，谁要反抗，定不饶他！"

话音刚落，顾平的枪就被李明缴了。其他警卫队士兵在一片惊愕中，被坐在他们左右的水兵卸了枪，一个个乖乖举起双手。

这时，舰上汽笛长鸣，马达声响，兵舰起航。刘杰仁说："现在，由大同舰起义委员会代表李明同志向大家讲话。"

一听"李明"两字，大家都很新鲜。这个平日和气老实、爱说个笑话的炊事班长，居然是"代表"，舰长还称他为"同志"，今天又要"讲话"，也真奇了。

李明的经历确实很"奇"。他17岁被国民党拉壮丁进了军营，不久就被调到兵舰上当水兵。1947年冬天，他随舰在山东沿海巡逻，海面上发现一只装粮食的木船，当官的说它是共产党的粮船，用缆绳绑了，准备拖回基地。为了防止这艘木船逃跑，派两个水兵上木船上押船，李明就是其中之一。两个人上木船后受到船老大酒呀肉的热情招待，喝得酩酊大醉。一觉醒来，已经动弹不得，都被结结实实地捆在船帮上。原来这果然是条解放区的运粮船，船上民兵把两人灌醉后砍断缆绳。因是夜晚，军舰上的国民党官兵也未发觉。于是这条木船平平安安回到解放区。李明俩人就这样糊里糊涂当了俘虏。

当了共产党的俘虏后，李明渐渐变得不糊涂了。他参加了解放军，因作战英勇屡次立功，还加入了共产党，成了一名共产党员。后来，受组织派遣，又回到国民党军舰上，当了炊事班长。他炒得一手好菜，人缘又好，平时不显山不露水，今天怎么一下子就像变了个人，你看他站在那里，虽然还是平常那张爱笑的脸，却不知怎的就透出几分勃勃英气。说话不快不慢，清清楚楚，头头是道，还真像一位长官。

李明扫视了一眼举着手的警卫队官兵，把提着的手枪插在腰上，扶了扶帽子，面带笑容地说："弟兄们，大家把手放下，都请坐……"

忽然，岸上传来"呼呼叭叭"的枪炮声，子弹打在兵舰钢甲上，当当作响，引起警卫队士兵一阵不安和骚动。李明伸出双手向下按了按，说道："大家不必惊慌，马上他们就会安静下来的。"

话音未了，舰身一阵震动，舰上的大炮响了。炮声响过后，岸上的枪炮声立刻平息。只听马达声和兵舰劈波斩浪的哗哗声起劲地吼着。李明接着说道："现在，大家可以放心大胆地喝酒了。"

见他们还是很惶恐很犹豫，李明就端过一杯酒走到大家中间说："来，我领头，为我们起义胜利，干杯！"

说罢，仰头一饮而尽，又举筷从碗里夹一块明晃晃的肥肉送进嘴里，"大家随便些，都是自家兄弟，别客气。"

警卫队士兵见状，你望望我，我望望你，哭笑不得。胆大的，带头举起杯来。接着，是一片杯盘撞击声。

顾平表情木然，但内心却如舱外翻滚的长江。起先，他害怕；后来，他觉得好笑，竟然参加用枪逼着你吃肉喝酒的宴会。他实在没有兴致，可是舰长举杯过来要跟他碰杯，他犹豫了下勉强举起杯来。

舰长很干脆，碰了一下一饮而尽，还把杯底亮给他看。还有什么说的？脖子一仰，也一饮而尽，照样把杯底亮出来，情不自禁地嘴里还冒出一句："我听舰长的。"刘舰长热情地拉过他的手，紧紧地握住。

17

　　沈容图把大同舰调到沙沱镇后，心里安稳了许多。有磨盘石炮兵扼守，大同舰岂敢轻举妄动？所以当沙沱镇守军来电，报告大同舰向下游叛逃，他简直不敢相信，及至吴超也来报告了这个情况后，他震惊，他愤怒，捶着桌子吼叫决不能让大同舰逃脱，并立即叫来有关人员听候调遣。

　　看看手表，三点半。沈容图问杜参谋长："大同舰航速多少？"

　　"在海上每小时 30 海里。长江上游航道弯曲多滩，上水 25 公里左右，下水可达 30 公里以上。"

　　沈容图平时喜欢杜参谋长的敏捷精细，今天觉得他太啰唆，说道："简单点，就说大同舰到达这里的时间。"

　　"大概还有一个半小时。"

　　沈容图闷不作声抓起电话："快接磨盘石炮兵团。是雷团长吗？我是沈容图。听着，命令你团在半小时内做好战斗准备，现在是 3 点 38 分，请对表。"

　　放下电话，转身对参谋长说："为了万无一失，请杜参谋亲临磨盘石督阵，有贻误战机者，按军法严惩。"

　　杜参谋长领命出。

　　沈容图转身对发报员说："以我个人名义给刘杰仁发报，叫他悬崖勒马，我可以不予追究。如果执迷不悟，必将粉身碎骨，勿谓言之不预。"

在一旁的吴超对沈司令说："司令恩威并用，令人敬佩。不过，依卑职看刘杰仁很难回头。"

沈容图说道："他自寻绝路是他的事，我当做到仁至义尽。"

杜参谋长走出司令办公室直奔沈小姐卧室，敲开门后，开门见山对沈静说："沈小姐，事已至此，我不能不直言相告，大同舰叛变，正向这里开来，估计一个多小时后就到，司令已命磨盘石炮兵开炮击沉它。想到顾平是我的好友，与你又……"

沈静听了大惊，问道："顾平该不至于有意外吧？"

杜参谋长说："这难说。沈小姐，现在急也没用，要想办法救他。"

沈静说："那我就去求叔叔不要对兵舰开炮。"

杜参谋长摇头道："这是办不到的。"

"那该怎么办？请你出个主意。"

"你不是与商会彭会长的三小姐是同学吗？"

沈静点点头。

"那好，你快去她家，把大同舰叛逃，司令下令在万县堵击的消息透露给她爸爸，他们定会劝你叔叔不要炮击大同舰。"

沈静迷惑不解地望着杜参谋长。

"沈小姐，你按我说的去办准没错，不能再耽误时间了。"

沈静若有所思地点点头："好，我马上就去。"

杜参谋长嘱咐道："事关重大，消息来源千万保密。"

说罢匆匆而去。

沈容图站在他办公室那幅巨大的军事地图前，仔细观察着，搜寻着，他要在那上面捕捉到大同舰，捕捉到刘杰仁。刘杰仁呀刘杰仁，这次我绝不轻饶你！

"现在大同舰大概在什么地方？"沈容图问。

王副官指着地图："大概在龙门滩，离这里 30 公里。"

沈容图拿过电话要磨盘石炮兵阵地，找到正在阵地前沿的杜参谋长，询问准备情况，一再重复击沉大同舰的命令。放下电话，他走向面向大江的窗口，手扶望远镜向江面来回探望。

这时，电话铃响，王副官取过听筒："商会彭会长？找司令，好，请稍等。"

王副官走近窗口对沈容图说："司令，彭会长电话。"

沈容图不耐烦地说："什么事又来找我，他侄儿被杀的案子不是结了吗，吴超？"

吴超急忙回道："是，司令，杀害彭会长侄儿的凶手已于前日伏法。"

"那还有什么事？王副官，代我接一下。"

王副官拿起电话说道："彭会长，对不起，司令有重要军务，吩咐我代接，有什么事请说。我？我是王副官，啊，啊——我立即转告……"

放下电话，王副官走近沈容图身边悄声说："报告司令，彭会长电话说，他得到消息，大同舰在沙沱镇叛变，正向下游开来。他说他代表全城工商界向您请求，不要在城区内阻击。否则，一旦交火，城区将变成战场，生灵涂炭，玉石俱焚，全城工商业也将在战火中被毁，而且，"王副官把声音压得更低说，"彭会长说，也将会威胁到司令在大华和裕丰的财产……"

沈容图听了，先是"啊"的一声惊叹，而后说："彭会长的消息也真灵通，"转脸对吴超说，"比你这个专搞情报的处长，也只慢了半个小时。"

因为共产党地下组织至今未能破获，司令对吴超十分不满，有机会就敲打他两句。吴超自然也听出司令的话音，自觉惭愧，一时语塞，不知如何对答。

王副官却接过话说："本来嘛，城内各大商号在附近场镇都设有分号，消息确实灵通。"

听王副官这么一说，吴超如释重负，也顺着说道："就是就是。"

沈容图只是顺便提醒一下吴超，在目前紧张时刻无意去深究那件事，就把话头转回："王副官，等会儿要是彭会长再打电话，你告诉他，对他们的请求，说我知道了就是。"

吴超为了摆脱尴尬，改善司令对自己的看法，借机表现一下，对沈容图说："商会的意思，是要保全他们的财产。这般商人只认钱，全不把党国利益放在心上。"

沈容图沉思了一小会儿，一脸严肃地说道："1870年普法战争，普鲁士军队侵占了法国大片领土。战争中，一个法国炮兵奉命轰击一座被普军占领的房屋，可是这个炮兵发现，这所房子正是他多年苦心积累新近才修造起来的。但他义无反顾，把炮口对准了自己的房子……我希望你们能记住这个故事。"

吴超马上说："这位法国炮兵的精神可敬可嘉；那般商民，真是鼠目寸光。司令这时向我们讲这个故事，太及时了。"

王副官也说："是的，这种爱国精神，当是我们效法的榜样。"

这时，突然传来女人的嘤嘤哭泣声——原来，沈小姐不知何时进了司令办公室，坐在沙发上掩面而泣。沈容图忙过去安慰她，把她哄出门去。回来时，快步走向窗前，在急举望远镜时竟把将军服上的扣子拉掉两颗，但他并未察觉。

王副官此时更为焦急，司令不为所动，坚持在磨盘石堵击，其后果难以设想。当他举目窗外，见到对岸机场和飞机时，眼前一亮。

他走近沈容图说："报告司令，我认为大同舰的炮火对城区的威胁并不算可怕，我倒担心他们不向城区集中火力哩！"

沈容图听了，取下望远镜，注目王副官说："你说下去。"

王副官走近窗前，指着对岸的机场说："司令您看，停机坪和油库离江面那么近，大同舰在机场下游不远处的鲤鱼沱停泊了一个多月，对附近情况非常清楚，假如他们炮击机场……"

　　沈容图听到这里，脸色骤变，对王副官一摆手说："我明白了！"

　　沈容图在窗前徘徊起来。这实在是厉害的一招，他们是会这样干的。我要给自己留下最后一条路。飞机起飞？转移？都已来不及，而且在这个时候，让飞机起飞，自扰军心。再说，我还没上飞机，如果飞机飞走了怎么办？这种事不是没发生过。海军靠不住，空军同样靠不住……正在焦急中，只听一声"报告"，报务员送来一份电报。沈容图接过一看，长叹一声，瘫倒在沙发上，电报飘落在地板上。

　　吴超过来拾起，见是大同舰打来的，内容是：

沈司令：

　　我舰官兵弃暗投明，起义投奔共产党，望你通知沿江部属不得阻拦，我舰亦不发一枪一炮，如对我舰发动攻击，我舰将对沿江包括机场、仓库等军事设施予以摧毁。请勿谓言之不预。

　　　　　　　　　　　　　　　　大同舰起义委员会

　　沈容图明白，这绝不是恐吓。真的打了起来，那将是一场混战，最好的结局也是两败俱伤。军舰沉了，飞机毁了，死伤无数；而且，殃及全城百姓，那木头加竹子搭起来的楼房见火就着，说不定还会烧它个三天三夜，遍街是烧焦的尸体……而起因是国民党军内部自相残杀，作为司令，如何向上峰，向社会解释？他越想越怕。再看看目前局势，已是大厦将倾，那些比自己有权柄有实力有威望的大人物们，也都力绌计穷，我焉有回天之力，挽狂澜于既倒？最后也只有学他们，拍拍屁股一走了之。可飞机和机场要是遭到破坏，那只有束手待毙。一定要保住！但是，让大同舰大摇大摆地过去，岂不便宜了它？而且开了坏头，竞相效法，顷刻间就会土崩瓦解。今后见了总裁怎么交代？

焦急中，他终于想出个两全之策。拿过电话，接通磨盘石炮兵阵地，找到杜参谋长。

"喂，我是沈容图，命令炮兵团立即调一个连，开往下游十公里黄桷坝江边，在那里守候堵击大同舰。火速行动，不得稍有延误，一定要赶在大同舰之先。磨盘石炮兵在大同舰通过时不得首先开炮，如果他们先开炮，则还击。望严格按命令执行。"

此时吴超也是思虑万千，他本希望借机击沉大同舰，舰上的顾平必死无疑，情敌死了，沈小姐定能属于他。但经王副官提醒，真的交起火来飞机被毁，他也会陷入绝境。

他明白，司令逃台是会带上他的。因此，那飞机与他的命运相关，非得保住不可。

脑子一转，他想出一条能保飞机万无一失的毒计。

他走向沈容图说："司令，河对岸的飞机及机场设施，关系到司令的安全，对叛舰来电不可轻信亦不可不信。据我所知，大同舰叛变皆系'共党'地下组织策划，为使飞机万无一失，我有个建议，能叫叛舰不敢向机场开炮……"

沈容图很有兴趣地说："那，你说说看。"

吴超靠近司令，附耳说出他的计谋，司令点头称是，叫他赶快去办。

吴超急急赶回稽查处，命令特务立即将关押的于一民、郑春提出来。去提于一民的特务到了监狱叫看守打开门，只见于一民蒙头睡在墙角，喊几声不应，走近掀开棉絮一看，原来是堆稻草。扒开草，墙角处被凿了个洞。

于一民逃跑了。吴超得知大怒，一面布置特务追捕，一面叫过看守，劈头盖脸一阵扁担，打得半死，命令将这个看守关进监狱，听候发落。另一路特务尚属顺利，将受伤的郑春提出，抬上汽车，飞速开出。

大同舰指挥塔上，刘杰仁在望远镜里已清楚看见万县的轮廓。他打开送话器命令道："全舰弟兄们做好战斗准备：一号炮塔、三号炮塔对准右岸飞机场，二号炮塔和尾炮对准左岸磨盘石炮兵阵地。大家注意，我们决不首先开炮，岸上守军让我们通过便罢，如果开炮阻挡我们前进，各炮位瞄准各自的目标，狠狠地打！"

舰上水兵们根据命令迅速调整着炮位，还有些水兵持枪埋伏在兵舰两侧钢甲后面，准备射击。

被看守在底舱餐厅里的警卫队官兵，多数喝得酩酊大醉，少数清醒的则惊恐地四下张望。

被捆住手脚的郭彬，利用舱壁上的角铁慢慢磨断了绳索，从里面锁住舱门，撬开舱壁上的圆形窗门，准备逃跑。

他先伸出头去，但窗口太小，两臂出不去；又缩回头来，先伸膀子再伸头。无奈他身子太肥，挤不出去。

窗外，是兵舰左舷，滚滚波涛翻动，使人头晕眼花，军舰高速前进掀起的排排巨浪朝他直扑过来，他感到万分恐惧，想把身子往回缩，却怎么也缩不回来了。他被紧紧地卡在窗口上。军舰一个急转弯，浪头劈脸打来，把他打昏过去。

军舰已冲到磨盘石，舰上可以清楚看到岸上黑洞洞的炮口随着军舰移动。醒来的郭彬看到对准他鼻梁的炮口，惊恐万状，杀猪般地喊道："打不得，打不得，是我，救命……"

声音传到指挥塔上，李明对送话器说："申大毛，你在哪儿？你看守的人要跑，快去！"

看守郭彬的申大毛见其他水兵都在准备打仗，一时心急也参加了进去。听到叫他，才想到自己的任务，忙朝关押郭彬的舱房跑去。

在指挥塔上的刘杰仁和李明，发现磨盘石炮兵阵地的异样变化：有辆汽车拖着大炮开向下游，有几辆正在挂炮。

他们判定，敌人为了避免在城区开火，以保住他们的财产和飞机，要把炮调到下游去截击大同舰。刘杰仁说，我们一定要跑到前面。他下令再加大航速。

刚过磨盘石，刘舰长命令一号、三号炮转向机场，瞄准飞机和油库。突然，他惊异地发现在机场下边，高高竖立的木柱上绑着一个人，那人背后的长木牌上白底黑字写着几个醒目大字"共党书记郑春"。刘杰仁、李明，以及舰上官兵都能清晰地看到，他们个个目瞪口呆，倒抽了一口冷气。

被捆在柱子上的郑春，眼看迎面疾驶而来又飞速而过的大同号军舰，望着那舰上飘舞着的红旗，脸上绽开了笑容。

他吃力地喊道："同志们，一路平安！"

脚下，一个特务举枪对准他骂道："妈的，我看你还喊！"

正待开枪，吴超一脚踢下他的枪："浑蛋，慌什么？"

大同舰上刘杰仁眼睁睁看着指引自己和全舰弟兄走向光明的郑先生，竟然受到这般折磨而又无法营救，他悲痛欲绝，不觉伸手拉响汽笛，呜——呜——呜，长长叫了三声，用水兵的方式表达对郑先生的感激和敬意。

军舰绕过机场，渐渐远去。

吴超这时站起来，对手下特务说："现在，来试试你们的枪法吧，看谁能打断吊着这个共产党的绳子。来，谁先试试……"接着，响起一片杂乱的枪声。

19

长江中，大同舰破浪前进，江边公路上，炮车在加足马力狂奔，它们在赛跑，做命运的较量。眼看，炮车冲到了前面，转进一个山弯里。坐在头辆车驾驶室里的瘦猴连长不断催促司机快开，再快开，可是司机却来个急刹车。原来路中间摆着几块大石头。

瘦猴连长气急败坏地下车，找放石头的人，可哪有人影；吼叫着命令随车士兵下来搬石头。很快，石头搬开了，炮车继续狂奔。当炮车拐出山弯，开到黄桷坝江边时，大同舰也正开来。

瘦猴连长命令快架炮，快装弹，快瞄准。尽管在连长催逼下，士兵们动作迅速准确，但当打出第一发炮弹时，大同舰已跑得很远了，炮弹落在离舰尾很远的江面上。

军舰上，水兵开始欢呼，嘲笑，声浪越过开阔的江面，向黄桷坝阵阵传来。

刘杰仁取下军帽擦着汗说："好险好险，如果慢一步，恐怕就免不了一场恶战了。"

事后，他才知道，地下党的同志们为配合军舰起义，在敌人炮车经过的路上设置了障碍，拖延了时间，才使军舰得以顺利通过黄桷坝。

他望着越来越远的黄桷坝，命令尾炮还击："他们既然为我们送行，来而不往非礼也，也回敬他几炮。"

炮声停后，下舱传来很响的敲击声。李明去查看，原来是申大毛在砸郭彬的舱门。门砸开了，只见郭彬撅着屁股卡在窗口，过来几个水兵好不容易才把他拖出来。

申大毛一看说："死了。"

李明摸摸他的胸口，说："还有一口气，快叫医务兵来抢救。"

军舰全速前进，逐渐消失在一片暮霭中。

1995 年 3 月